Joachim Masannek

Die Wilden Fussball Kerle™

Raban der Held

Joachim Masannek, geboren 1960, studierte Germanistik und Philosophie sowie an der Hochschule für Film und Fernsehen. Er arbeitete bereits als Kameramann, Ausstatter und Drehbuchautor für Film-, TV- und Studioproduktionen. Daneben ist er Vater der beiden *Wilde Kerle*-Mitglieder Marlon und Leon und Regisseur der Filmabenteuer um die Wilden Kicker. Mehr Informationen zu den *Wilden Fußballkerlen* unter www.diewildenkerle.de.
Bei dtv junior sind von den *Wilden Fußballkerlen* die Bände 1–10 erschienen:
siehe unter www.dtvjunior.de.

Joachim Masannek

Die Wilden Fußballkerle

Band 6

Raban der Held

Mit Illustrationen von Jan Birck

Deutscher Taschenbuch Verlag

Ungekürzte Ausgabe
In neuer Rechtschreibung
5. Auflage Mai 2006
2004 Deutscher Taschenbuch Verlag GmbH & Co. KG, München
www.dtvjunior.de

Umschlagkonzept: Balk & Brumshagen
Umschlaggestaltung nach einer Idee von Jutta Hohl
Gesetzt aus der Plantin 12/15'
Gesamtherstellung: Druckerei C. H. Beck, Nördlingen
Printed in Germany
ISBN-13: 978-3-423-70851-7
ISBN-10: 3-423-70851-4

Inhalt

ROARRRRR

Endlich

Der Hund mit der Lederhaube und der Motorradbrille saß auf seiner uralten BMW und starrte mich jetzt schon seit Mitternacht an. Seit halb sechs gurrten und nervten die Tauben über mir auf dem Dach und seit 27 Minuten und 13 Sekunden wurde es hell.

Ich lag im Bett in der Rosenkavaliersgasse Nr. 6 und platzte vor Ungeduld. Verflixte Hühnerkacke! Das war die längste Nacht in meinem neunjährigen Leben! Da endlich flammte der Scheinwerfer des Motorrads auf. Die Zeiger hinter dem Scheinwerferglas rasten über das Zifferblatt. Der Hund mit der Lederhaube gab Gas und die BMW röhrte auf wie ein Löwe.

Im Schlafzimmer neben mir stand meine Mutter senkrecht im Bett.

»Stell das verflixte Ding ab!«, klopfte sie gegen die Wand.

Doch für mich war das Morgenmusik. Heute war Samstag. Heute war schulfrei und heute ging es um alles! Heute, am 23. November, fand das letzte Hinrunden-Spiel im *Teufelstopf* statt. Heute kam der Tabellenführer zu uns, und wenn wir ihn schlügen, würden wir – phänomenal und superhistorisch – Herbstmeister sein!

»RAAH!«, rief ich. Und noch einmal: »RAAH!«

Dann erst schaltete ich meinen Hundemotorrad-Wecker ab, sprang aus dem Bett, und zwei Minuten später stand ich in kompletter *Wilde Kerle*-Montur vor dem Spiegel in der Kleiderschranktür:

Nachtschwarzes Trikot! Knallorange Stutzen! Das *Wilde Fußballkerle*-Zeichen auf meiner Brust! Und auf meinem Rücken leuchtete die »99«, die Zahl, die mir Giacomo Ribaldo, der brasilianische Fußballgott von den *Bayern*, höchstpersönlich ausgesucht hatte. Für meine Unberechenbarkeit, hatte er damals gesagt. Ja, und darüber, über der 99fachen Unberechenbarkeit, stand klar und ganz deutlich: Raban, der Held!

»Verflixte Hühnerkacke!«, raunte ich mein Spiegelbild an. »Die schießen wir heute direkt auf den Mond! Hörst du! Dafür leg ich beide Beine ins Feuer!«

Ich ballte die Fäuste und der Raban im Spiegel tat es mir gleich.

»Dampfhammerhart und gnadenlos wild!«, be-

schworen wir uns. »Und unbarmherzig und ohne zu zwinkern!«

Ich fischte meinen Rucksack mit den Fußballschuhen vom Schreibtisch und rannte zur Zimmertür.

»Ja, und notfalls kümmere ich mich selber darum. Mit meinem schwächeren Fuß!«

»Das wirst du nicht!«, konterte eine Stimme. Ich wirbelte noch mal herum und starrte mein Spiegelbild an. Das nahm jetzt die Coca-Cola-Glas-Brille von seiner Nase, putzte die Gläser und musterte mich abschätzend von oben bis unten.

»Was hast du gesagt?«, fragte ich und rieb mir verdattert die Augen.

»Das wirst du nicht!«, wiederholte der Raban im Spiegel. »Das weißt du genau. Du hast keinen schwächeren Fuß.«

Ich wurde so wütend, wie meine Haare rot waren, und trotz Coca-Cola-Glas-Brille verengten sich meine Augen zu zwei drohenden Schlitzen.

»Was meinst du damit?«, zischte ich, doch mein Spiegelbild zuckte nur mit den Achseln.

»Wer einen schwächeren Fuß hat, Raban, der muss auch einen stärkeren haben, findest du nicht?«

Ich schnappte nach Luft.

»Okay! Okay! Wie du willst!«, kämpfte ich mir mein unerschütterliches Selbstvertrauen wieder zurück.

»Ich finde, du bist ein dämliches Spiegelbild. Und die haben nicht den Hauch einer Chance! Nicht den Hauch! Schreib dir das gefälligst hinter die Ohren!«

Dann rannte ich raus. Wild und entschlossen

schlug ich die Tür hinter mir zu und jedem, der mir gesagt hätte, dass ich vor etwas weglaufen würde, dem hätte ich Beine gemacht.

Ja, hallo, ihr da! Falls ihr das jetzt noch nicht wisst. Ich bin's: Raban. Raban, der Held!

Und ich hab keine Angst. Ich hab den Dicken Michi besiegt. Höchstpersönlich habe ich das, ja, und zwar mit meinem schwächeren Fuß. DA-BAMM!, hat es damals gemacht. Könnt ihr euch jetzt gefälligst erinnern?! Genau! Und deshalb gehöre ich so todsicher zu den *Wilden Fußballkerlen* dazu wie der Quark auf die Torte.

»Das tust du nicht!«, quäkte mein Spiegelbild hinter mir her. Doch von dem hatte ich erst einmal die Nase voll. Ich hörte einfach nicht hin.

Ein Held geht seinen Weg

Ich rannte aus meinem Zimmer hinaus auf die Galerie und die Treppe in die Halle hinab. Dort hatten mich noch im Frühling die drei Töchter der Freundinnen meiner Mutter gequält. Sie hatten mir Lockenwickler in die Haare gedreht, während sich meine Freunde, die *Wilden Kerle*, verzweifelt gegen den Winter aufbäumten. Während Maxi »Tippkick« Maximilian, der Mann mit dem härtesten Schuss auf der Welt, zum Märtyrer wurde und das Wohnzimmerfenster in der piekfeinen Alten Allee Nr. 1 mit dem Globus seines Vaters zerschoss, hatten sie mir die Haare toupiert. Verflixte Hühnerkacke! War das peinlich gewesen. So peinlich, als würdet ihr mitten im Fußballspiel feststellen müssen, dass ihr statt eurem Trikot ein rosa Ballett-Tüllröckchen tragt.

Sakra-Rhinozeros-Pups!

Doch das war jetzt für immer vorbei. Das würde niemals wieder passieren. Nie wieder würde mich jemand dermaßen lächerlich machen!

Ich riss die Haustür auf, sprang auf mein 12 Zoll-Mountainbike mit dem Traktorhinterrad und raste auf den Gehweg hinaus. Ich fühlte mich prächtig, so prächtig wie das goldene Licht des Indianersommermorgens.

»Nein! Beim allmächtigen Fettnäpfchenflaschengeist! Nicht wieder der!«, schrie ich entsetzt und raste direkt in die Pflaumenkisten des Obststands an der Straßenkreuzung hinein.

Zehn Sekunden später tauchte ich aus dem Zwetschgenmus auf. Eine vollreife Wassermelone fiel über mir aus der Kiste heraus und zerplatzte auf meinem Kopf. Dann sah ich den Obststand-Besitzer. Er schaute mich fassungslos an. Nein! Er kochte vor Wut und deshalb hob ich ratlos die Arme.

»Verflixte Hühnerkacke! Was kann ich denn dafür! Gestern haben Sie noch da an der Mauer gestanden!«

»Ja, das habe ich!«, zischte der Obsthändler und kam auf mich zu. »Ganz genau. Da an der Mauer. Und da bist du mir in die Kiwis gerauscht!«

»Ja, aber nur, weil Sie vorgestern wieder hier gestanden sind!«, konterte ich. »Genau hier und mitten im Weg! Zusammen mit Ihren bescheuerten Tomaten! Wissen Sie, wie sich meine Mutter gefreut hat, als sie die Flecken auf meinen Klamotten entdeckte?«

Ich redete mir die Zunge in Fransen, doch der Obsthändler hörte mir überhaupt nicht zu. Für ihn stand es unweigerlich fest: Er befand sich im Recht. Und mit diesem Recht griffen seine Arme jetzt zu mir herab. Wie Baggerkrallen kamen sie auf mich zu und dazwischen drohte sein unheilvolles Gesicht. Ein Gesicht ohne Sinn für Humor und ganz ohne Mitleid.

Ich duckte mich blitzschnell, tauchte durch die Pflaumen und Kisten hindurch, sprang auf mein Fahrrad und raste davon. Auf jeden Fall fuhr ich so schnell, wie man auf einem 12-Zoll-Mountainbike mit Traktorhinterrad fahren kann, und der Obsthändler rannte hinter mir her. Er rannte und rannte, und als ich in den Fasanengarten einbog, spürte ich seinen Verfolgeratem schon im Genick. Zwanzig Meter vor mir lag die einzige Rettung. Eine Sprungschanze, die Fabi, der schnellste Rechtsaußen der Welt, auf den Bürgersteig gebaut hatte. Ich gab noch einmal Gas. Meine Oberschenkel brannten wie Feuer und der Obsthändler streckte eine seiner Baggerkrallen nach meinem Kapuzensweatshirt aus.

»Pechschwefliges Rübenkraut!«, fluchte ich, riss mich im letzten Moment vom Bürgersteig los, der sich wie geschmolzenes Maracuja-Eis an mein Traktorhinterrad hängte, flog über den Zaun in Fabis Garten hinein und krachte dort in die Büsche.

»Warte nur! Dich krieg ich noch mal! Spätestens morgen, hörst du? Morgen bezahlst du dafür!«, schimpfte der Obsthändler und lief mit geballten Fäusten auf der anderen Seite der Mauer entlang.

»Das haben Sie gestern auch schon gesagt!«, grinste Fabi zurück und zog mich aus den Büschen heraus.

»Trotzdem solltest du vorsichtig sein, wenn du das nächste Mal Gemüse einkaufst!«, ermahnte er mich, zog eine Karotte aus der Kapuze meines Sweatshirts heraus und biss lachend hinein.

»Danke. Aber alles ist gut!«, antwortete ich todernst und hob meine Hand.

Fabi musterte mich. Der Hauch eines Grinsens flog aus seinen Augen heraus und huschte ihm übers Gesicht.

»Ja. Solange du wild bist!«, erwiderte er mit vollem Mund, schlug in mein High-Five ein und stapfte zu seinem Fahrrad.

»Auf geht's! Wir haben heute doch noch was vor!«

»Na klar! Und ob wir das haben! Verflixte Hühnerkacke, Fabi! Wir schießen die direkt auf den Mond!« Ich zog mein Fahrrad aus den Büschen heraus und sprang in den Sattel.

Fabi schaute sich überrascht zu mir um.

»Du sprichst vom Tabellenführer, Raban!«, runzelte er seine Stirn.

»Und ob ich das tue!«, konterte ich, bevor mir der Kloß in den Hals rutschte und ich zu stammeln begann:

»Oder, f-findest du d-d-das vielleicht nicht? Willst du et-etwa verlieren?«

Fabi, der schnellste Rechtsaußen der Welt, musterte mich ein paar endlose Augenblicke lang.

»Heiliger Muckefuck! Warum eigentlich nicht? Schießen wir sie auf den Mond!«

Er schüttelte lachend den Kopf.

»Jetzt geht es mir schon tausendmal besser. Komm!«, rief er und radelte los. »Weißt du: Ich bewundere dich. Ich hab die ganze Nacht nicht geschlafen, Raban. So viel Schiss hatte ich, dass wir heute verlieren!«

Stahlgrau und siegesverwöhnt

»... dass wir heute verlieren!«

Fabis letzter Satz echote wie eine Flipperkugel durch meinen Kopf, als ich durch das Holztor in den *Teufelstopf* fuhr und eine Vollbremsung machte.

Teufelstopf. So hieß unser Bolzplatz, seitdem Willi, der beste Trainer der Welt, eine Flutlichtanlage gebaut und ein Holzschild mit dem Namen über dem Tor aufgehängt hatte: *Teufelstopf*! Der Hexenkessel aller Hexenkessel. Das Stadion der *Wilden Fußballkerle e. W.*!

Hier sollten wir unsere Siege feiern und hier hatten wir auch tatsächlich erst einmal verloren. Damals, als Fabi nicht zum Spiel kam, weil er Schiss hatte, dass Deniz besser sein könnte als er. Ausgerechnet gegen den Tabellenletzten hatte es uns eiskalt erwischt und genauso eiskalt wehte jetzt auch der Novemberwind über unsere Köpfe hinweg. Das Holzschild über dem Tor ächzte und knarrte bedrohlich. Der Himmel darüber war noch

indianersommerunendlichhochblau, doch am Horizont türmten sich Sturmwolken auf und die kamen aus dem tiefsten Dezember.

Fabi, der schnellste Rechtsaußen der Welt, und die anderen *Wilden Kerle* standen um mich herum und hielten sich an ihren Fahrrädern fest. Vor uns lief der *TSV Turnerkreis* auf den Platz. Stahlgrau, als wären die Sturmwolken auf die Erde gefallen, pflügten sie durch den *Teufelstopf*. Stahlgrau, drei Köpfe größer als wir und absolut siegesverwöhnt. Wie sollten wir diese Mannschaft nur schlagen?

Pechschwefliges Rübenkraut! »So viel Schiss hatte ich, dass wir heute verlieren!« Fabis Satz klingelte mir wie ein Ohrwurm im Kopf und plötzlich erinnerte ich mich daran, dass auch ich nicht geschlafen hatte.

»Hey! Wollt ihr noch lange da rumstehen?«, rief Willi und hinkte aus dem Wohnwagen hinter dem Kiosk heraus.

Wir schauten ihn an, als wären wir gerade aus unseren Betten gekrochen. Willi schob seine rote Baseballmütze aus dem zerknitterten Gesicht und kratzte sich an der Stirn. In seinem Al-Capone-Nadelstreifenanzug mit dem roten, gepunkteten Hemd, dem extrem breiten Kragen und in den Schlangenlederstiefeln sah Willi wie ein Außerirdischer aus.

Oder besser gesagt: Nicht er war der Außerirdische. Das waren wir. Willi trug nur den Anzug, den wir ihm zu seinem Geburtstag geschenkt hatten. In ihm sah er aus wie der beste Trainer der Welt, der in der achten Dimension, der Gruppe 8 der E-Jugendmannschaften, die Meisterschaft gewinnt. Doch wie sollte Willi das schaffen, wenn wir wie jetzt vor ihm standen und ihn anstarrten, als wär er der Weihnachtsmann und Batman in einer Person? Wir waren zwar aus unseren

Betten gefallen, doch wir befanden uns noch lange nicht im *Teufelstopf* und erst recht nicht in der achten Dimension.

Wir waren ein Haufen Schafe, und die trieb Willi jetzt wie ein Hirtenhund auf den Bolzplatz hinaus.

»Verflixt und zugenäht! Auf geht's! Los! Macht euch warm!«, rief er. »Stellt euch zu zweit auf der Torlinie auf, und wenn ich ›Hepp!‹ rufe, dann rennt ihr los!«

»Ja, genau! Das machen wir, Willi!«, rief ich begeistert. »Habt ihr gehört! Los, bewegt eure müden Hintern! Leon, du läufst mit Vanessa und Marlon, du zeigst Rocce, was ein europäischer Windhundrennhase ist.«

Marlon und Rocce schauten sich kopfschüttelnd an und verdrehten die Augen. Doch das war mir egal. Wir standen in Zweierreihen bereit und Willi, der zum Elfmeterpunkt hinkte, streckte die Arme nach rechts und links aus.

»HEPP!«

Marlon und Rocce stürmten los, doch sie fielen beide über ihre eigenen Beine der Länge nach in den Dreck. Leon und Vanessa verpassten den Start, liefen gar nicht erst los und stellten sich sofort wieder an. Doch ich, Raban, der Held, war schneller als Fabi, der schnellste Rechtsaußen der

Welt. Drei Meter vor ihm schlug ich mich auf meiner Seite an Willis ausgestreckter Hand ab.

»Raah!«, rief ich aus. »Raah! Raah! Und nochmals Raah! Verflixte Hühnerkacke! Alles ist gut . . .!«

Ich streckte Fabi meine Hand zum High-Five entgegen, doch der nahm nicht an. Er schaute schweigend zu Willi – und Willi schaute zu mir.

»Sakra-Rhinozeros-Pups!«, schimpfte ich wütend. »Was hab ich dir in deinem Garten gesagt, Fabi? Wir schießen sie auf den Mond!«

Fabi und die anderen *Wilden Fußballkerle* musterten mich, als würden sie mir zum ersten Mal in ihrem Leben begegnen. Dann schauten sie zu den übermächtigen Gegnern vom *Turnerkreis.* Ich raufte mir die roten Haare.

»Ja, das werden wir! Egal wie stahlgraumonumentalgewitterwolkenmächtig die sind. Hört ihr? Verflixte Hühnerkacke!«

Ich verschränkte meine Arme und starrte sie an. Langsam verschwand der Schleier der Ohnmacht vor ihren Augen. Dann erkannten sie mich. Ein Lächeln entstand auf ihren Gesichtern und wurde zum Grinsen.

»Egal wie fahlblaumonstrumwolkenprächtig die sind!«, rief Joschka, Julis kleiner sechsjähriger Bruder. Und Fabi, der neben ihm stand, hob die Hand zum High-Five.

»Alles ist gut!«, sagte er und ich wollte schon einschlagen, da kam mir Joschka zuvor.

»Solange du wild bist!«, rief er und die anderen machten es ihm sofort nach.

Nur ich stand immer noch da, die rechte Hand unerwidert und einsam erhoben! Potzblitz und Donnergeist! Gehörte ich nicht zu den *Wilden Kerlen* dazu? Ich hatte doch den Bann der Angst vor dem Gegner gebrochen! Wieder fuhr ein eiskalter Novemberwindstoß durch den *Teufelstopf* hindurch und biss mir in mein Gesicht. Mich fröstelte schon, da schlug Willi in meine Hand ein.

»Gut gemacht, Raban!«, lächelte er und wandte sich an die andern. »Und ihr wacht jetzt auf, ist das klar?«

Und wie klar das war! In weniger als einer Nanosekunde standen wir alle auf der Torlinie. Willi rief »Hepp!« und zu zweit rannten wir los. Marlon und Rocce, Vanessa und Leon stoben den Staub unter sich auf und Fabi war wieder schneller als ich. Dann machten wir das Ganze noch rückwärts. Mit dem Rücken zu Willi starteten wir, bis dieser »Hepp!« schrie, wirbelten zu ihm herum und sprinteten vorwärts weiter.

Versucht das doch mal! Das ist gar nicht so leicht. Man wird schwindelig, wenn man sich so schnell umdrehen muss, und Joschka und ich verloren dabei die Orientierung. Anstatt zu Willi liefen wir nach rechts und nach links und knallten mit den Bäuchen zusammen. Kawumms und Karamba! Doch im Entenlauf danach war ich der Schnellste von allen und dann rief uns Willi zu sich.

Wild und nichts zu verlieren!

Wir setzten uns im Halbkreis vor Willi auf die Wiese. Er musterte jeden von uns.

Rocce, der Zauberer, der Sohn eines brasilianischen Fußballgotts von den *Bayern,* der so verflixt gut spielen konnte, als wäre er in Fußballschuhen auf die Welt gekommen, legte seinen Arm um seinen besten Freund: um Marlon, die Nummer 10, die Intuition. Er war unser Spielmacher und Kopf auf dem Feld und er war Leons älterer Bruder.

Leon, unser Anführer, der Slalomdribbler,

Torjäger und Blitzpasstorvorbereiter, der selbst mit der Kniekehle oder dem Ohrläppchen ein Tor schießen konnte, schaute mit den Augen eines bengalischen Tigers zu Willi hinauf. So entschlossen war er heute zu siegen.

Genau wie Fabi, der schnellste Rechtsaußen der Welt, und wie Felix, der Wirbelsturm, der im Spiel gegen die *Bayern* sein Asthma besiegte.

Jojo, der mit der Sonne tanzt, der aus dem Waisenhaus, flickte seine kaputten Sandalen. Für Fußballschuhe hatte seine Mutter kein Geld,

und Markus, der Unbezwingbare, knetete neben ihm seine nigelnagelneuen Torwart-Handschuhe wildlederweich.

Maxi »Tippkick« Maximilian, der Mann mit dem härtesten Schuss

auf der Welt, der selbst beim Telefonieren nicht sprach, schüttelte seine Dampfhammerbeine.

Und Vanessa, die Unerschrockene, das coolste Mädchen der Welt, checkte ein letztes Mal ihre Glücksbringer durch: die rosa Lackpumps mit den Schleifen und Glitzerhimbeeren, die wir ihr zum Geburtstag geschenkt hatten und

die sie immer dann anzog, wenn es einen Strafstoß zu verwandeln gab.

»Wa-ha-rum spielen wir nicht alle in solchen Dingern!«, grinste Deniz, die Lokomotive, der Türke, der jeden Tag ganz allein durch die halbe Stadt fuhr, nur um bei uns, den *Wilden Kerlen*, zu spielen.

»Och und Huch! Dann ha-haben die schnuckeligen *Turnerkreis*männchen a-haber überhaupt keine Chance mehr!«, säuselte er.

Der kleine, sechsjährige Joschka, unsere siebte Kavallerie, lachte sich tot. Doch heimlich suchte er die Hand seines größeren Bruders, die Hand von Juli »Huckleberry« Fort Knox, der Viererer-

kette in einer Person, und ich, Raban, der Held, war im Geiste schon mitten im Spiel und schoss in Leon-Manie mein sechstes Fallrückzieher-Flugkopfballtor.

Ja, wir, *Die Wilden Fußballkerle e. W.,* wir waren wirklich die beste Fußballmannschaft der Welt und deshalb würden wir heute in unserem eigenen Stadion, dem *Teufelstopf*, dem Hexenkessel aller Hexenkessel, auch die Herbstmeisterschaft gewinnen. Beim knisternden Höllenschlund! Dafür legte ich beide Beine ins Feuer.

Doch Willi kratzte sich nur an der Stirn. Dann ging er vor uns in die Hocke.

»Das ist eure erste Saison«, begann er ganz ruhig. »Und ihr spielt in einer höheren Klasse. Die Jungs da draußen in dem Stahlgrau sind ein bis zwei Jahre älter als ihr und fünf Jahre älter als Joschka.«

Willi musterte Joschka freundlich, der heldenhaft strahlte. »Deshalb verlangt keiner von euch, dass ihr heute gewinnt, hört ihr? Es ist keine Schande, wenn ihr verliert.«

Wir starrten ihn an.

»Was soll denn der Mist?«, zischte ich. »Willst du, dass wir auf den Platz gehen und uns vornehmen, dass wir verlieren?«

Leon und Fabi spuckten verächtlich aus. Sie gaben mir Recht und Felix fragte vorwurfsvoll: »Verflixt! Hast du unsere Satzung vergessen? ›Gib niemals auf!‹ steht da drin!«

Willi schüttelte den Kopf.

»Nein, das habe ich nicht. Das ist nur euer letztes Spiel. Und heute Nacht gibt es Schnee. Dann ist es mit Fußball erst mal aus und vorbei und das wird verflixt hart für euch sein. Erinnert ihr euch? Erinnert ihr euch an die Zeit kurz vor Ostern?«

»Na klar tun wir das!«, rief ich aus. »Da haben wir alle den Winter besiegt!«

»Und Maxi hat sich für uns alle geopfert!«, fügte Joschka hinzu.

»Kreuzkümmel und Hühnerkacke!«, raunte Juli begeistert. »Da hat er den Globus durch das Wohnzimmerfenster direkt vor den Kopf seines Vaters gekickt!«

Jetzt musste selbst Willi schmunzeln.

»Und dann haben wir den Dicken Michi besiegt. Beim Fußballderwisch von Ostokinawa! Das habe ich geschafft. Mit meinem schwächeren Fuß. Dabamm! Hab ich ihn in die ewigen Jagdgründe katapultiert!«

Meine Augen leuchteten, als mir Willi zunickte. Doch dann wurde er noch einmal ernst.

»Genau. Das war einsame Spitze. Doch damals wart ihr ein Team und ihr hattet ein gemeinsames Ziel. Das sollt ihr niemals vergessen, hört ihr? Auch wenn ihr heute verliert. Sonst wird der Winter unerträglich für euch.«

»Das reicht!«, sagte Leon trocken und cool und stand auf.

Ich sprang hinter ihm her.

»Sakra-Rhinozeros-Pups! Leon hat Recht! Das stinkt gewaltig. Die haben auch schon unentschieden gespielt. So unverwundbar sind die doch gar nicht und die liegen nur drei Punkte vor uns. Wenn wir heute gewinnen, ziehen wir gleich. Nein, wir sind sogar besser. Dann zählt der direkte Vergleich, habt ihr das endlich geschnallt? Und den werden wir heute für uns entscheiden!«

»Genau!«, sagte Marlon und »Bingo!«, fügte Rocce hinzu. »Raban spricht mir direkt aus der Seele!«

»Heiliger Muckefuck! Das tut er! Und wie!!«, rief Fabi, sprang auf und dann liefen wir auf den Platz.

Dort hatten die stahlgrauen Gegner vom *TSV Turnerkreis* bereits Stellung bezogen. Arrogant und mit einem spöttischen, ungeduldigen Lächeln begrüßten sie uns, wenn sie uns überhaupt sahen. So siegesverwöhnt waren die. Doch das ließ uns kalt.

Absolut cool formierten wir unseren Kreis. Schulter an Schulter und Arm in Arm standen wir da und steckten die Köpfe zusammen. Leon schaute uns an. Jedem von uns schaute er direkt in die Augen. Dann zählte er entschlossen bis drei.

»Eins. Zwei. Drei!«

»RAAAAHHHH!«, schrien wir alle, dass der Boden erbebte, und als ich über die Schulter zu den Stahlgrauen schielte, erwischte ich den einen oder anderen von ihnen dabei, wie er zuckte.

»RAAAAHHHH!«, schrien wir und dann stoben wir auseinander. Wild und entschlossen rannte jeder auf seine Position.

Heiliger Muckefuck und pechschwefliges Rübenkraut!

Markus, der Unbezwingbare, stand natürlich im Tor. Davor wachte Juli »Huckleberry« Fort Knox, die Viererkette in einer Person. Rechts und links neben ihm standen Maxi »Tippkick« Maximilian, der Mann mit dem härtesten Schuss auf der Welt, und Marlon, die Nummer 10. Vorne im Sturm spielte Fabi, der schnellste Rechtsaußen der Welt. Leon, der Slalomdribbler, Torjäger und Blitzpass-torvorbereiter, lauerte in der Mitte und Rocce, der Zauberer, kam über links.

Auch unsere Bank war noch hochkarätig besetzt. Um die hätten uns selbst die *Bayern* beneidet. Dort saßen Jojo, der mit der Sonne tanzt, Felix, der Wirbelwind, der alle schwindelig spielt, Deniz, die Lokomotive, und Vanessa, die Unerschrockene. Und dazwischen hockten Joschka mit dem Joker-X auf dem Rücken und ich, die 99, die Unberechenbarkeit: Raban, der Held. Ja, und schon mein Blick, das sage ich euch, ließ unsere

Gegner auf ihrer Tabellenspitze erzittern, als surften sie in einer undichten Walnussschale auf einer riesigen Sturmwelle bei Windstärke 10.

Dann pfiff Willi an. Als Trainer der Gastgebermannschaft musste er der Schiedsrichter sein. Maxi stand neben Leon im Mittelkreis und tippte den Ball zu ihm vor. Drei Stahlgraue stürmten sofort auf ihn zu und Leon, der Wahnsinnige, der mit dem Auge eines bengalischen Tigers, rannte direkt auf sie zu. Drei gegen einen und dazu noch ein Jahr älter als er und drei Köpfe größer. Das konnte selbst Leon nicht schaffen. Pechschwefliges Rübenkraut! Für mich an seiner Stelle hätte sich der Rasen längst in geschmolzenes Maracuja-Eis verwandelt, auf dem ich herumpaddeln würde wie eine Fliege im Honig.

Doch Leon trat einfach nur auf den Ball, wartete auf die verdutzten Gesichter seiner Angreifer und schob das Leder dann ansatzlos aus dem Fußgelenk nach rechts vorn.

Dort hatte sich Fabi herangeschlichen und in einem explodierenden Doppelpassfeuerwerk stürmten er und Leon, der nach seinem Fußgelenkpass sofort losgerannt war, auf das Tor vom *Turnerkreis* zu.

Doch die Stahlgrauen waren größer und schneller als unsere bisherigen Gegner. Fabi und Leon konnten sie so wenig abhängen wie ein Hund seinen Schwanz. Dazu kamen die beiden Abwehrspieler, die sich jetzt vor ihnen formierten. Zwei gegen fünf hieß es aus unserer Sicht und der Raum für Fabi und Leon wurde so eng, als würden sie in einem Besenschrank spielen. Da wirbelte Leon herum und schoss, als hätte er plötzlich die Obermuffe gekriegt, den Ball blind zurück.

»O nein! Was soll'n das?«, sprang ich auf und raufte mir meine roten Locken. »Leon! Da ist doch niemand! Da ist doch nur absolutistische Vakuumsleere!«

Und tatsächlich rollte der Ball in aller Einsamkeit über den Platz. Der Rechtsaußen vom *Turnerkreis* sprintete los, um sich das Leder zu holen. Das war eine 1a-Konterchance. Gleich war er da, und Fabi und Leon standen immer noch rum, als hätte jemand auf ›Standbild‹ gedrückt.

Da schoss Marlon aus dem Nichts raus. Als hätte er eine Tarnkappe auf, war er urplötzlich da, ließ den Stahlgrauen ganz blass aussehen und schlenzte den Ball weit nach links.

Dort fischte ihn Rocce mitten im Sprint mit dem rechten Fuß aus der Luft und zog schon beim nächsten Schritt mit links ab. Volley traf er den Ball und wie an der Schnur raste er in den Strafraum hinein. Dort lauerten Leon und Fabi. Sie waren wieder zum Leben erwacht. Die Todesstarre war nur ein Trick, um den *Turnerkreis e. V.* einzulullen, denn schon schoss Leon im Torpedoflugkopfball zwischen zwei seiner Bewacher hindurch, erwischte das Leder etwas unter Hüfthöhe und verlängerte Rocces Flanke mit dem Hinterkopf. Der Ball zwirbelte über seine Bewacher hinweg, streifte die ins Leere greifenden Finger des Torwarts zum Hohn und ... und prallte von der Latte zurück.

»Kawumms und Karambaaaah – das gibt es doch nicht!« Ich sprang vor der Ersatzbank herum und starrte die anderen an. »Habt ihr das da gesehen?«

Verflixt! Natürlich hatten sie das, doch sie sahen noch mehr. Während ich schon den Kopf in den

Sand gesteckt hatte, flog der Ball von der Latte zurück und an den Köpfen von Fabis Bewachern vorbei. Der stand plötzlich ganz frei, hob zum Fallrückzieher an und donnerte die Kugel rechts unten ins Netz.

»Tor! Tor! Tor!«, schrien Vanessa, Jojo, Deniz, Joschka, Felix und Willi. Sie sprangen auf und umarmten einander, während ich entgeistert herumfuhr und auf die Zeitlupe wartete.

Fabi, Leon, Rocce und Marlon umarmten sich wild und schnell erkannte ich, wer der Torschütze war.

»Bravo, Fabi! Das war echt wild!«, applaudierte auch ich.

»Beim heiligen Muckefuck!«, rief Fabi zurück. »Das war der erste Fallrückzieher in meiner *Wilde Kerle*-Geschichte! Raban! Hast du den gesehen?«

»Wie? Bitte? Was? Ach so, den Fallrückzieher! Na klar! Der war einsame Spitze!«, rief ich, und während Fabi sich freute, spürte ich, wie Jojo und Felix hinter meinem Rücken die Augen verdrehten.

Danach hatten die Stahlgrauen Anstoß. Doch sie waren wie hypnotisiert. Unser erstes Tor hatte ihnen den Rasen wie einen Teppich unter den Füßen weggezogen. Planlos griffen sie an und für Juli »Huckleberry« Fort Knox, die Viererkette in einer Person, war es so leicht wie in einem Memory-Spiel mit einem einzigen Paar, ihnen den Ball wegzunehmen. Danach trat er kurz an und passte zu Marlon.

Der schlug seine Flanke dieses Mal auf Fabi nach rechts und der sprintete los. Blitzschnell und inzwischen schon kultig durchschlug Fabi die Schallmauer, jagte dann schräg auf das Tor des *Turnerkreises* zu und zog dampfhammerturbohart ab. Der Ball schoss auf den Torwart zu und der reagierte dieses Mal prächtig. Mit beiden Fäusten und angewinkelten Armen flog er nach rechts, stemmte sich gegen die heranpfeifende Kugel und blockte sie ab. Sofort grätschte ein stahlgrauer Verteidiger Richtung Ball, um ihn aus der Gefahrenzone zu kicken.

Doch Leon war schneller. Mit dem rechten großen Zeh war er da und schob den Ball in einer Blitzpasstorvorlage nach links, wo Rocce, der Zauberer, stand. Der genoss seinen Triumph und schob das Leder ohne den Hauch eines Schnörkels mit dem linken Innenfuß sicher ins Netz.

»Tor! Tor! Tor!«, riefen wir und ich fügte begeistert hinzu: »Seht ihr? Was hab ich gesagt? Die schießen wir auf den Mo. . .on. . .d!«

Doch das letzte Wort zerbröselte schon auf meinen Lippen. Willi schaute nur auf die Uhr und ich wusste Bescheid. Es waren noch über 45 Minuten zu spielen. So lange hielt die beste Überraschungstaktik nicht aus. Irgendwann würden sich die Stahlgrauen wieder berappeln und dann stand uns ein Kampf bis aufs Messer bevor. Ja, das war so sicher wie der Stand des Obsthändlers auf der Straße vor meinem Haus.

Der *TSV Turnerkreis* war nämlich nicht nur Tabellenführer und siegesverwöhnt. Nein, der *TSV Turnerkreis* hatte auch noch einen anderen Ruf und dieser Ruf war noch stahlgrauer als seine Trikots: Der *TSV Turnerkreis* spielte absolut hart. Knochenbrecherisch hart. Härter als der Dicke Michi und seine *Unbesiegbaren Sieger.*

Der falsche Fuß

Beim nächsten Angriff stürmte Rocce dann über links und mit seiner brasilianischen Zaubertrickkiste verlud er gleich vier Gegenspieler hintereinander. Ein Tanz über dem Ball in vollem Sprint, erst mit dem rechten Fuß über das Leder, dann mit dem linken, während die Kugel einfach geradeaus rollte, das war die Eins. Vor der Zwei lupfte er den Ball aus dem Fußgelenk hoch, köpfte ihn über den Angreifer drüber und stürmte auf die Eckfahne zu. Dort wurde er von zwei Abwehrspielern auf einmal gestellt. Direkt an der Eckfahne schirmte er das Leder aussichtslos ab. Rocce stand mit dem Rücken zum Feld. Nirgends war eine Lücke zu sehen. Da kickte er den Ball blitzschnell und wie aus dem Nichts mit der Hacke zurück. Zwei Stahlgraue wurden auf einmal getunnelt, und ohne noch eine Nanosekunde zu zögern wirbelte Rocce herum und passte knallhart und flach in den Rücken der Abwehr zurück, wo Maxi auftauchte. Eiskalt holte er zum Schuss aus und donnerte das Leder mit dem härtesten Schuss der Welt auf das Tor. Der Keeper vom *Turnerkreis* reckte und streckte sich, so hoch er konnte. Er schrie vor Wut auf, als er erkannte, dass er den Ball nicht erreichen würde. Da donnerte das Leder gegen das Lattenkreuz. Bumm!

»Potzblitz und Donnergeist! So ein Pech aber auch!«, litt ich mit Maxi mit und es wurde noch schlimmer. Leon und Fabi grätschten beide am Nachschuss vorbei und dann kam der Konter. Über links. Lichtgeschwindigkeitsschnell stieß der *Turnerkreis* in die Lücke, die Maxi ihm angeboten hatte, indem er nach vorne ging. Marlon eilte zum Ausgleich herbei, doch der Rechtsaußen flankte sofort nach links, dort, wo jetzt alles offen stand, denn Marlon war ja auf rechts. Unsere letzte Hoffnung hieß Juli. Juli »Huckleberry« Fort Knox, und der plusterte sich auf wie ein Käfer vorm Fliegen und stellte sich dem Linksaußen zum Kampf. Doch der war nicht nur stahlgrau. Der war auch drei Köpfe größer und 20 Kilo schwerer als Juli. Mit einer Körperdrehung wälzte er die Viererkette zu Boden und stampfte auf das Tor zu. Markus, der Unbezwingbare, kam sofort raus, verkürzte den Winkel, schmiss sich todesmutig auf das Leder und rammte sich das Knie des Gegners gegen das Kinn. Wie ein Tennisball von einer Lokomoti-

ve abprallt, so fiel Markus in den Dreck und von dort sah er mit schmerzverzerrtem Gesicht zu, wie der Ball über die Linie rollte.

»Foul! Willi, Foul!«, schrie ich wütend, doch Willi schüttelte den Kopf.

»Der vom *Turnerkreis* hat den Ball gespielt!«, sagte er ruhig und erkannte das Anschlusstor an. Dann trabte er am lädierten Juli vorbei zur Mitte zurück.

In diesem Moment kippte das Spiel und in den verbleibenden 15 Minuten stürmte der *Turnerkreis* auf ein Tor. Bei uns verteidigten alle. Selbst Leon und Fabi kamen in den Strafraum zurück, und als die nicht mehr konnten, spielten Deniz und Felix für sie. Aber trotzdem fiel eine Minute vor dem Seitenwechsel das Tor. Der *Turnerkreis* glich zum Zwei zu zwei aus und in der Pause leckten wir unsere Wunden.

Juli, Markus, Maxi und Leon waren bereits angeschlagen. Dicke blaue Flecken zierten ihre Beine, ihre Rücken und ihre Gesichter. Dabei spielte der *Turnerkreis* noch nicht einmal foul. Er spielte halt wie in einer um ein Jahr älteren Liga. Das behauptete Willi zumindest.

»Jetzt stellt euch nicht an!«, rüffelte er ohne Mitleid. »Seid schneller als sie. So wie am Anfang! Dann tut ihr euch auch kein bisschen weh!«

Wir blitzten ihn an.

»Das ist unfair!«, zischte Deniz, doch Willi fuhr ihm sofort über den Mund.

»Unfair? Das verstehe ich nicht! Was soll an diesem Spiel unfair sein? Dass ihr besser seid? Besser, obwohl ihr jünger und kleiner seid? Verflixt und zugenäht! Was meinst du damit?«

Ein Grinsen entstand auf Willis Gesicht und dieses Grinsen signalisierte Mut.

»Also, was ist? Werdet ihr auf den Platz gehen und versuchen das Spiel zu gewinnen oder lauft ihr jetzt schon nach Hause?«

»Noch ein einziges Wort und ich zeige dir, was ein

Wilder Kerl ist!«, ballte Leon die Faust. Doch dann grinste auch er und humpelte zurück auf den Platz.

Die zweite Halbzeit begann. Der *Turnerkreis* spielte den Ball, doch Leon war schon dazwischen. Er schoss das Leder zu seinem besten Freund Fabi nach rechts, und der zeigte, dass die beiden wirklich über telepathische Kräfte verfügten, so verstanden sie sich. Denn schon spielte Fabi den Ball steil in den Raum. Leon gab Gas und erwischte das Leder kurz vor dem Gegner. Wie durch einen Wald aus Slalomstangen marschierte er durch die stahlgraue Abwehr hindurch und kam gerade zum Schuss. Da wurde er auf die fieseste Weise gefällt.

»Foul! Das ist ein Elfmeter!«, schrie diesmal nicht mehr nur ich. Alle *Wilden Fußballkerle* sprangen von der Ersatzbank und liefen aufs Feld. Um Willi herum entstand ein Tumult. Leon wälzte sich auf dem Boden. Er konnte nicht weiterspielen. So gemein war das Foul. Trotzdem drohte der *Turnerkreis* mit noch größerer Härte, wenn wir diesen Strafstoß bekämen. Aber das war uns egal und Willi stand bereits auf dem Punkt.

Zuerst versorgten wir Leon. Dann zog Vanessa ihre roten Lackschuhe an.

»Denen werd ich es zeigen!«, zwinkerte sie Leon zu, der neben ihr lag, und rannte hinaus auf den Platz.

Die Spieler vom *Turnerkreis* lachten sich tot, als sie zum Strafstoß antrat. Doch das kannte Vanessa bereits. Eiskalt lief sie drei Schritte an, zog mit dem rechten Fuß nach links und donnerte das Leder, während der Keeper der gegnerischen Mannschaft bereits in die linke Ecke abtauchte, mit dem rechten Außenriss ins rechte untere Eck.

»Drei zu zwei!«, jubelten wir und umarmten und küssten Vanessa, als wär sie kein Mädchen.

»Dreifach geölte Eulenkacke!«, rief ich. »Der passte ins Tor wie die Faust auf die Nase!«

Ja, und genauso verstanden die vom *Turnerkreis* das. Ab jetzt war von Fairness nicht mehr die Rede. Willi pfiff so streng, wie er konnte, und trotzdem verwandelte sich unsere Ersatzbank in ein Lazarett. Dem *Turnerkreis* stank es gewaltig, gegen uns zu verlieren. Gegen ein Jahr jüngere Pimpfe und gegen ein Mädchen, das rosa Lackschuhe trug. O Mann, wurmte die das, und je länger sie dem

Anschlusstor hinterherliefen und -foulten, umso wütender wurden sie. Schließlich saßen Leon, Rocce und Maxi bei uns auf der Bank. Und als sich Fabi und Marlon auch noch verletzten, mussten Joschka und ich auf den Platz.

Beim knisternden Höllenschlund! Darauf hatte ich insgeheim nur gewartet. Drei Minuten blieben mir noch, um es allen zu zeigen. Drei Minuten, um den Sack dicht zu machen und das Vier zu zwei zu erzielen.

Markus, der Unbezwingbare, schoss den Ball aus der Hand weit ins Feld.

»Ich hab ihn. Ich hab ihn!«, rief ich zu allem entschlossen und ich behielt Recht. Der Ball donnerte mir direkt vor den Kopf. Ich flog auf den Po, und während ich verzweifelt nach meiner Coca-Cola-Glas-Brille suchte, glich der *Turnerkreis* aus.

»Pechschwefliges Rübenkraut!«, schimpfte ich und sah die Bank, die entsetzt aufgesprungen war. Selbst Leon hüpfte unter Schmerzen herum, doch er konnte nicht spielen.

»Keine Angst! Wir schaffen das noch!«, rief ich, packte den Ball und lief zum Anstoßkreis vor.

Dort schob ich das Leder zu Felix. Der passte sofort zu Vanessa nach rechts. Die stürmte allen davon, sah Jojo auf links, der so frei stand wie der Mann auf dem Mond, und flankte auf den Millimeter genau. Jojo musste nur noch seinen Fuß hinhalten, um das Tor zu erzielen. Doch dieses Tor wollte ich. Ich wollte meinen Fehler wieder gutmachen und deshalb grätschte ich in Vanessas Flanke hinein, erwischte den Ball eine Nanosekunde vor Jojo und schoss ihn vor den vor Entsetzen geweiteten Augen aller *Wilden Kerle* mit dem linken, dem falschen Fuß aus zwei Meter Entfernung weit über das Tor.

»Kreuzkacke und Hühnerkümmel!«, fluchte Juli.

»Beim heiligen Muckefuck! Was hast du getan!«, schimpfte Fabi und Leons Augen sprühten nur Feuer.

Ich wollte was sagen, doch meine Stimme ließ mich im Stich. Stattdessen lief ich zurück. Noch war gar nichts verloren. Dafür legte ich beide Beine ins Feuer und der Keeper vom *Turnerkreis* schoss das Leder ins Feld. Es kam direkt auf mich zu. Ich musste es stoppen. Ja, das musste ich tun. Egal, was Juli hinter mir rief. Doch da trat ich tatsächlich neben den Ball. Die Kugel sprang auf, hüpfte über Juli hinweg, der ihn sonst tausendprozentig weggefischt hätte, und landete vor den Füßen des Gegners. Der Mittelstürmer der Stahlgrauen stand am Elfmeterpunkt und nahm das Angebot nur zu gern an. Blitzschnell drehte er sich, fegte Joschka, die siebte Kavallerie, wie eine lästige Fliege aus seinem Weg und katapultierte das Leder unhaltbar für Markus ins Netz.

Bamm!

Drei zu vier gegen uns und der Pfiff, der dann kam, war der Schlusspfiff des Spiels. Wir hatten verloren. Und anstatt Herbstmeister zu werden lagen wir jetzt sechs unaufholbare Punkte hinter dem Spitzenreiter zurück. Aber das war noch nicht alles. Es kam noch viel schlimmer. Tausendmal schlimmer als das. So schlimm wie das Feuer der neunundneunzigsten Hölle. Ich allein trug an diesem Desaster die Schuld. Plötzlich fröstelte mich. Ein eisiger Wind pfiff durch den *Teufelstopf* und über mir hatten die Sturmwolken den Indianersommerhimmel verschluckt.

Das war's

Lachend radelten die Sieger vom *TSV Turnerkreis* aus dem *Teufelstopf* hinaus. Den eisigen Wind schienen sie gar nicht zu spüren, doch uns drückte er wie nasses Herbstlaub ins Gras. Zusammengekauert und wortlos saßen wir da und genauso wortlos stellte Willi die Apfelsaftschorlen in den Träger zurück, die unberührt neben uns standen. Er hatte alles gesagt. Er konnte und wollte uns nicht weiterhelfen. So war Willi nun mal. Er war unser Trainer, doch er nahm das Leben nicht für uns in die Hand. Das war allein unser Job, denn für Willi waren wir keine unselbstständigen Kinder. Für ihn waren wir gefährlich und wild.

Als wären wir gar nicht mehr da, verbarrikadierte er den Kiosk gegen den Winter. Das dauerte eine geschlagene Stunde. So lange nahm er sich Zeit, um sich dann ganz kurz von uns zu verabschieden.

»Das war's für dieses Jahr«, sagte er trocken. »Die Fußballsaison ist vorbei.«

Wir schauten ihn an, als hätte er gerade behauptet, der Himmel fiele uns gleich auf den Kopf. Doch Willi hinkte nur zu seinem Wohnwagen hinüber und hievte sich schwerfällig die zwei Stufen zum Eingang empor. Dort zögerte er allerdings und drehte sich noch einmal zu uns um. Für einen Sekundenbruchteil glaubte ich zu erkennen, dass er sich genauso verzweifelt fühlte wie wir uns. Doch das war vielleicht nur der Schatten einer dunklen Wolke, die über uns zog, und diesen Schatten räusperte Willi im nächsten Augenblick weg.

»Ach, ähm, also: Wenn ihr wollt, dann kommt

am Tag vor Heiligabend vorbei. Dann gehen wir Rodeln und feiern Wilde Weihnachten, Männer!«, lächelte er und schloss die Tür des Wohnwagens dann ganz schnell hinter sich zu.

Wir aber bewegten uns nicht von der Stelle. Es war fürchterlich ungemütlich und kalt und trotzdem: Ich dachte gar nicht daran, als Erster zu gehen. Ich spürte jetzt schon die Blicke, die sie dann hinter mir herschicken würden und die ich nie wieder loswerden könnte: ›Da fährt Raban, der Held! Nur wegen dem haben wir heute verloren.‹

Also blieb ich stur sitzen und ertrug schließlich das, was noch schlimmer war.

Als Erstes erhob sich Leon. Wortlos ging er zu seinem Fahrrad und fuhr auf und davon. Ihm folgten Marlon und Rocce, Vanessa und Maxi, Markus und Jojo und Felix, Joschka, Deniz und Juli. Alle gingen sie nacheinander und wortlos an mir vorbei und fuhren auf ihren Rädern davon.

Nur Fabi blieb noch bei mir. Fabi, mein bester Freund. Auch wenn Leon sein bester Freund war. Er hatte immer zu mir gehalten, genauso wie ich zu ihm. Besonders als Deniz aufgetaucht war und seinen Stammplatz als Rechtsaußen bedrohte. Doch jetzt stand auch Fabi auf und legte mir die Hand auf die Schulter.

»Mach dir nichts draus! Das kann jedem passieren!«, nuschelte er und ich glaubte ihm kein einziges Wort.

»Ach ja? Und wen meinst du damit, mit dem ›jedem‹? Meinst du dich? Oder willst du etwa behaupten, dass Leon oder Marlon oder Rocce so was passiert?«

Fabi schwieg. Er schwieg aus Rücksicht auf mich. Doch das war ein Fehler. Sein Schweigen verletzte mich mehr. Warum sagte er nicht einfach die Wahrheit? ›Raban, vergiss es. Fußball ist nicht dein Sport. Werd Minigolfer oder Eisstockschießer. Ja, oder am besten trittst du in einen Bastelverein für Weihnachtsschmuck ein. Aber bitte lass die *Wilden Fußballkerle* in Zukunft in Ruhe!‹

Fabi spürte, was los war. Er spürte es ganz genau. Deshalb ging er zu seinem Fahrrad, schloss es auf und fuhr los.

Ich wartete, bis er hinter der Kuppe des Hügels verschwand. Dann schnäuzte ich mich, wischte mir die Tränen aus meinem Gesicht, bestieg mein 12-Zoll-Mountainbike und kämpfte mich heim.

Ich fühlte mich wie der einsamste Mensch auf der Welt. So, als hätte ich eine Tarnkappe auf, die ich nicht mehr loswerden könnte, und niemand würde mich hören und sehen. Ich fühlte mich hundsmiserabel. Da schreckte mich jemand aus meinem Selbstmitleid auf wie ein gerade gekochtes

Ei unter eiskaltem Wasser. Jemand, der mich trotz meiner Tarnkappe sah.

»Jetzt hab ich dich, Bürschchen!«, rief der Obsthändler am Anfang der Rosenkavaliersgasse und sprang auf mich zu. Ich gab sofort Gas. So fertig war ich noch nicht mit der Welt, dass ich mich diesem Kerl freiwillig ausliefern würde.

»Dreifach geölte Eulenkacke!«, schrie ich entsetzt und flutschte im letzten Moment unter den baggerkrallenartigen Händen meines Jägers hindurch.

»Ja!«, rief ich, »Ja!«, und sah wieder Licht am endlosen Tunnel. »Was haben Sie gerade gesagt? Sie wollen mich fangen? Beim allmächtigen Fettnäpfchenflaschengeist! Das schaffen Sie nie!«

Doch das war ein Irrtum. Der Obsthändler hatte seinen Stand bereits auf der Ladefläche seines Lieferwagens verstaut. Jetzt sprang er ins Führerhäuschen hinein und raste mit quietschenden und qualmenden Reifen hinter mir her.

»Beelzebub und Superpechvogel!«, verfluchte ich mein Schicksal. »Verzieht euch! Los, macht ’ne Fliege! Haut ab!«

Doch wie sollte ich auf einem 12-Zoll-Mountainbike mit Traktorhinterrad einem Lieferwagen entkommen? So viel Glück gab es nicht auf der Welt!

Da machte es einen furchtbaren Rums. Die Klappe zur Ladefläche sprang auf. Der Obsthändler hatte sie noch nicht verriegelt und mit dem gewaltigen Rums wurde die gesamte Wagenladung vom Rückstoß des Blitzstarts als gigantisches Hypodesaster auf die Straße katapultiert.

Noch einmal quietschten und qualmten die Reifen. Der Obsthändler stieg in die Bremsen, dass der Motor absoff. Der Lieferwagen bockte und sprang, dann stand er quer auf der Straße, und während ich die Toreinfahrt der Rosenkavaliersgasse Nr. 6 erreichte und in Sicherheit war, sprang der Obsthändler aus dem Führerhaus, raufte sich seine Haare und schimpfte hinter mir her: »Bete, Bürschlein! Das rate ich dir! Bete! Denn wenn ich dich jemals erwische, ist es dafür zu spät!«

Blindfisch und Spiegelgeist

An diesem Abend ging ich sehr früh ins Bett. Obwohl es Samstag war und ich länger aufbleiben durfte, verkroch ich mich unter der Decke. Meiner Mutter war das egal. Sie bemerkte es gar nicht. Sie hatte zu tun. Und selbst wenn sie Zeit gehabt hätte, hätte sie mich nicht verstanden. Für sie war Fußball dasselbe wie für mich ein Kleiderschnitt-

muster aus einer Modezeitschrift. Ja, und ich verwette meine Coca-Cola-Glas-Brille dafür, ohne die ich blind bin wie ein Maulwurf im Autoscheinwerferlicht, dass sie nicht einmal ahnte, was das für ein Tag für mich war.

Wir, die *Wilden Fußballkerle*, hatten heute nicht nur die Herbstmeisterschaft verspielt. Nein. Wir lagen jetzt sechs unaufholbare Punkte hinter dem Spitzenreiter zurück. Deshalb war auch die Meisterschaft futsch und mit ihr das große Ziel unserer Mannschaft.

Davor hatte uns Willi gewarnt. Noch vor dem Spiel hatte er es gesagt: »Ohne gemeinsames Ziel wird der Winter unerträglich für euch.«

Ich lag da und starrte zum Fenster hinaus. Die Sturmwolken färbten sich braun und sackten auf die Dächer der Stadt. So schwer waren sie. Dann begann es zu schneien. Dicke, fette Flocken erstickten den letzten Rest Herbst. Willi hatte die Wahrheit gesagt. Das war wirklich nicht zu ertragen. Deshalb setzte ich die Coca-Cola-Glas-Brille ab und stellte mich blind.

Ja, so war es viel besser. Jetzt war ich wirklich allein. Und jetzt erinnerte ich mich genau:

»Es ist keine Schande, wenn ihr heute verliert!«

Das hatte Willi auch noch gesagt.

»Das ist eure erste Saison. Und ihr spielt in einer

höheren Klasse. Die Jungs da draußen in dem Stahlgrau sind ein bis zwei Jahre älter als ihr und fünf Jahre älter als Joschka.«

Ja, das hatte Willi gesagt. Also warum machte ich mir überhaupt Sorgen? Es war alles gut!

Da hörte ich Leon, als stünde er in meinem Zimmer neben dem Bett. »Das reicht!«, sagte er trocken und cool. Dann hörte ich mich fragen: »Was soll denn der Mist? Willst du, dass wir auf den Platz gehen und uns vornehmen, dass wir verlieren?«

Ich horchte auf. Auch diese Stimme kam eindeutig aus dem Zimmer heraus.

»Das hast du doch selber gesagt!«, frotzelte sie. »Vor dem Spiel. Als du noch davon geträumt hast, Fallrückziehertore zu schießen.«

Ich tastete nach meiner Brille und setzte sie auf. Ich wusste sofort, wo ich hinschauen musste. Ja, obwohl ich nicht vor dem Spiegel im Kleiderschrank stand, konnte ich dort mein Spiegelbild sehen und das lag überhaupt nicht im Bett. Das hockte im Schneidersitz auf dem Boden und blitzte mich aufmüpfig an. Ich rieb meine Augen hinter den Gläsern. War ich jetzt schon verrückt? Sah ich jetzt schon Gespenster?

»Nein. Das tust du nicht!«, grinste der Raban im Spiegel so cool, wie ich in meinen kühnsten Träu-

men nicht war. »Du bist einfach nur fürchterlich schlecht! Du kannst so wenig Fußball spielen, wie eine Bleiente fliegen!«

Mein Herz stockte und stach, als würde es von einer glühenden Lanze durchbohrt.

»Aber das hab ich dir doch schon gesagt.« Der Raban im Spiegel seufzte verständnislos. »Und ich hätte dich vor all dem bewahrt. Vor der Niederlage, der Schande und dass du alle deine Freunde verlierst.«

Er sah mich mitleidig an.

»Weißt du, Raban, ich kann nichts dafür, dass

du lieber die Brille absetzt anstatt die Wahrheit zu sehen!«

»Ja, da hast du Recht!«, motzte ich. »Und das kannst du auch in Zukunft niemals verhindern! Ciao, Spiegelgeist. Und gute Nacht!«

Gesagt, getan, riss ich mir die Coca-Cola-Glas-Brille aus dem Gesicht, verschränkte die Arme auf meiner Brust und nahm zu meiner Zufriedenheit wahr, wie die ganze Welt hinter einer Milchglasscheibe verschwand. »So, jetzt bin ich ihn los!«, dachte ich, da meldete sich der Raban im Spiegel schon wieder zu Wort.

»Und? Kannst du jetzt schlafen?«

»Lass mich in Ruhe! Ich sehe dich nicht!«, fuhr ich ihm über den Mund und starrte dorthin, wo ich die Decke vermutete.

»Das glaube ich nicht!«, frotzelte er. »Schau doch einfach mal her!«

»Ich denke nicht dran!«, patzte ich.

»Nun, komm schon. Du kannst nichts verlieren!«, bettelte der Spiegelgeist jetzt. »Weiter als zwei Meter siehst du nichts scharf. Und der Kleiderschrank steht drei Meter fünfundsiebzig von deinem Bett weg.«

Ich schwieg und starrte zur Decke. Ich wollte diesen Mistkerl nicht sehen.

»Nun komm schon, Raban! Du wirst mich nicht

los. Ob du herschaust oder auch nicht. Also, was soll's? Der einzige Unterschied liegt darin, dass du feige bist oder dich stellst.«

Das war zu viel! Das ging eindeutig über das Maß des Erlaubten hinaus!

»Das nimmst du auf der Stelle zurück!«

Ich fuhr aus den Federn, stellte mich auf die Matratze und starrte in meinem Spiderman-Schlafanzug zum Kleiderschrank hin. »Ich bin nicht feige, hörst du. Ich bin Raban. Raban, der, der, der ... ?«

» ... was?«, fragte der Spiegelgeist nach und ich wollte es einfach nicht glauben.

Überall, wohin ich auch sah, verschwand die Welt hinter wabernden Nebelschwaden, doch der Spiegel mit dem verhassten Geist schwebte absolut scharf in diesen Schwaden herum.

»Raban, der was?«, fragte der Raban im Spiegel noch mal.

»Was willst du von mir, du billiger Flaschengeist?«, zischte ich statt einer Antwort zurück.

Das saß. Auf jeden Fall verstummte der Kerl im Spiegel und wurde ganz ernst. Oder besser gesagt: Er schaute verlegen auf seine Füße.

»Ha!«, rief ich da. »Ha! Jetzt hältst du die Klappe. O Mann! Tut das gut! Jetzt musst du nur noch verduften! Hörst du? Warum schwirrst du nicht ab und bewirbst dich als Aushilfsmonster in einer Kindergeisterbahn?!«

Ich stand da, in meinem Spiderman-Schlafanzug, die Fäuste geballt und so wütend, dass die Matratze unter mir bebte. Da hob der Raban im Spiegel den Kopf und im selben Augenblick trug er keinen Spiderman-Schlafanzug mehr, sondern einen Nadelstreifenanzug wie Willi.

»Ich bin kein Geist!«, sagte er so aufrichtig, wie es nur ging. »Und du bist nicht Spiderman. Das weißt du genau.«

Ich schluckte. Eine Krokodilstränen-Sintflut ergriff mich. Da hatte er verflixt noch mal Recht.

»Und du bist auch kein *Wilder Kerl*. Wenn du ins Spiel kommst, hat der Gegner einen Mann mehr auf dem Platz. Das hat Leon schon vor dem Match gegen den Dicken Michi gesagt. Deshalb hat er dich aus der Mannschaft geworfen. Erinnerst du dich?«

Und ob ich das tat! Hottentottenalptraumnacht! Worauf wollte dieser Mistkerl hinaus?

»Das kann ich dir sagen«, antwortete er auf meine Gedanken, als wär er ein freundlicher Schutzmann und ich fragte ihn nur nach dem Weg.

»Raban. Stell dir doch vor, du wärst nicht zurückgekehrt. Ich mein, damals, in der Halbzeit des Spiels gegen die *Unbesiegbaren Sieger*. Was meinst du, hätten die *Wilden Fußballkerle* dann heute verloren? Nein. Mit Sicherheit nicht. Das weißt du genauso wie ich. Und deshalb liegt es klar auf der Hand. Du bist schuld daran. Schuld daran, dass es ihren Traum von der Meisterschaft jetzt nicht mehr gibt. Erinnerst du dich, wie ihr nach dem vorletzten Spiel, nach Deniz' und Fabis Triumph gegen *Haching*, auf der Hügelkuppe über dem *Teufelstopf* standet? Arm in Arm und Schulter an Schulter? Das Gesicht Richtung Sonnenuntergang? Erinnerst du dich? Wie Leon bis drei zählte? Eins. Zwei. Drei. So war es doch, oder? Und dann kniff jeder von euch seine Augen zu und ohne Absprache wünschte sich jeder von euch dasselbe: dass ihr Meister werdet!«

Der Raban im Spiegel schaute mich an. Als würde er es genießen, wartete er, bis die Tränen wieder wie Taubeneier aus meinen Augen hervorkullerten.

»Die *Wilden Kerle* sind meine Freunde«, startete ich leise und heiser einen letzten Versuch.

»Ich weiß nicht, von was für einer Freundschaft du sprichst«, fuhr er mir über den Mund. »War der Schuss übers Tor, den Jojo verwandelt hätte, etwa ein Freundschaftsdienst? Oh, nein. Die *Wilden Fußballkerle* wollten heute gewinnen. Sie mussten gewinnen, damit sie den Winter überhaupt überstehen. Und jetzt werden sie von ihm erstickt. Los, schau aus dem Fenster und dann beantworte mir eine einzige Frage: Glaubst du, dass es die *Wilden Kerle* im nächsten Frühjahr noch gibt?«

Ich schaute zum Fenster. Doch ich hatte meine Coca-Cola-Glas-Brille nicht auf und konnte nichts sehen. Nichts als wabernde Nebelschwaden. Und als ich zurück zum Kleiderschrank sah, war auch der Spiegel verschwunden. Und mit ihm mein Spiegelbild.

Ich war allein.

November, Dezember

Die letzte Novemberwoche versackte in nasskaltem Schnee. Pausenlos fielen klebrige Zuckerwatteflocken auf die Erde hinab und beschränkten die Sicht auf fünf Meter. Die Straßen schäumten über. Dreckiger Schneematsch quoll aus ihnen heraus wie der Schaum aus der Badewanne eines zu dicken Schornsteinfegers.

In der Schule sprachen wir kaum noch ein Wort. Das heißt, die anderen redeten schon miteinander, aber ganz leise und immer mit dem Rücken zu mir. Auf jeden Fall glaubte ich das. Ja, und wenn ich sie fragte, ob sie nach der Schule Zeit für mich hätten, schüttelten sie alle den Kopf.

Leon hatte Schlagzeugunterricht und Marlon musste Saxofon üben. Fabi ging zum Eishockeyspielen und Rocce mit seinem Vater zu den *Bayern* zum Training. Maxi wollte seine Fußballsammlung sortieren, Vanessa hatte Oma Schrecklich aus Pinneberg zu Besuch und wollte mit ihr den Schwergewichtsboxkampf im Fernsehen ansehen, Joschka und Juli gingen mit ihrem Vater ins Kino.

Ich glaubte ihnen kein Wort. Das klang wie Hippopotamusbullenpropellerschwanzmist und stank gewaltig zum Himmel! Wer macht schon jeden Tag immer dasselbe? Das frage ich euch. Selbst die *Bayern* haben mal frei. Jeden Tag Kino kann sich kaum einer leisten und eine Oma Schrecklich hält man auch nicht pausenlos aus.

Doch das traute ich mich nicht zu sagen. Nach dem Gespräch mit dem Spiegelgeist hatte ich von der Wahrheit genug. Ich wollte nicht hören, dass mich meine Freunde nicht mochten. Dass sie lieber allein sein wollten anstatt bei mir zu sein. Ja, und deshalb beschloss auch ich alleine zu bleiben. Ich hatte keine andere Wahl. Jojo, Markus und Deniz gingen auf andere Schulen. Ich hörte nie was von ihnen und Felix war schon wochenlang krank.

Ich lag auf dem Boden in meinem Zimmer und starrte zur Decke hinauf. Draußen war es Mitte Dezember und inzwischen eiskalt. Der Schneematsch war seit Tagen gefroren, doch der Himmel war wieder blau.

›Felix! Verflixt!‹, fiel es mir urplötzlich ein. Ihn konnte ich doch besuchen. Er hatte bestimmt nichts Besseres vor. Auf jeden Fall würde er mir nicht ausweichen oder vor mir weglaufen können. Er lag im Bett und war krank. Er würde mir zuhören müssen. Und dann würde er mich auch verstehen. Mit Sicherheit würde er das. Er würde verstehen, dass ich ein *Wilder Kerl* war und es bleiben wollte, und er würde begreifen, dass ich wollte, dass es die *Wilden Kerle* auch nach diesem Winter noch gab.

Ein paar Minuten später rannte ich aus dem Haus, sprang auf mein Fahrrad, das in der Toreinfahrt stand, und preschte auf den Gehweg hinaus.

In der Kurve schlidderte ich wie ein Speedwaymotorrad auf dem gefrorenen Matsch. Doch ich war gut. Ich schaffte die Kurve und dann raste ich über den Bürgersteig direkt auf die Kreuzung zu.

Allmächtiger Fettnäpfchenflaschengeist!, schoss es mir durch den Kopf. Der Obststand. Der Obsthändler! Wo steckt der denn bloß?

Panisch sah ich mich um, jede Nanosekunde darauf gefasst, in einer Kiste mit Datteln oder Nüssen zu landen. Doch weder Obststand noch Lieferwagen, noch Obsthändler waren zu sehen.

Ich wollte und konnte es einfach nicht glauben, und selbst als ich an der Kreuzung abbiegen musste, blickte ich noch nach hinten zurück. Nein! Er war nicht da! Was hatte ich für ein Glück? Ich gab wieder Gas. Noch in der Kurve beschleunigte ich und schaute erleichtert nach vorn.

»Beelzebübischer Superpechvogel!«, schrie ich und trat sofort in die Bremsen.

Direkt vor mir wuchs der Stand des Obsthändlers urplötzlich aus dem Boden heraus, und obwohl sich das Profil meines Traktorhinterradreifens wie Spikes in das Eis hineingrub, flogen die Kisten mit den Nüssen, den Mandarinen und Datteln in Lichtgeschwindigkeit auf mich zu.

Kawumms und Karamba! Dann stand die Welt Kopf, wirbelte dreimal um mich herum und katapultierte mich direkt in die Hölle. Klebrig und braun war es da, bis ich mir die Datteln aus dem Gesicht herauswischte. Doch das war ein Fehler, denn jetzt sah ich ihn. Sein Kopf verdunkelte den

Himmel und sein waberndes Gesicht verfestigte sich zu einem eiskalten Lächeln, als er mir die Brille auf die Nase zurückschob.

»Ich hab doch gesagt, dass ich dich krieg!«, sagte er mit einer so tonlosen Stimme, dass mir das Rückgrat gefror.

Dann ergriff seine baggerkrallenartige Hand mein armes Ohrläppchen und zog mich daran aus den Datteln, Mandarinen und Nüssen heraus.

»Und jetzt gehen wir beide zu deiner Mutter!«

»Pechschwefliges Rübenkraut!«, schimpfte ich. »Und Hippopotamusbullenpropellerschwanzmist! Das ist nicht fair! Hören Sie? Ich kann nichts dafür, wenn Sie sich jeden Tag woanders hinstellen! Und ich kann überhaupt nichts dafür, wenn Sie die Ladeklappe ihres Lieferwagens nicht schließen.«

Doch meine Mutter glaubte dem Obsthändler mehr. Wortlos stand sie auf der Galerie und schaute auf uns in der Halle herab. Der Obsthändler erzählte ihr alles. Während er mein Ohrläppchen auf die Länge von einem Meter vierzig dehnte und zog, erzählte er ihr das Schicksal jeder Kiwi, Orange, Mandarine und Dattel. Danach zückte meine Mutter den Füller, füllte einen Scheck aus und kam die Treppe herab. Ich musste mich dreimal entschuldigen, bevor es ohne »Potzblitz und Donnergeist!« ging. Dann erhielt ich mein Todesurteil: »Ab jetzt wird alles ganz anders!«

Und dann, nachdem der Obsthändler seinen Scheck hatte und weg war, musste ich telefonieren.

»Hallo, ähm, ja, hier ist Raban. Ich meine Rabanovich«, würgte ich in den Hörer und schaute noch mal zu meiner Mutter. Ich flehte sie an. Das konnte sie von mir nicht verlangen. Doch meine Mutter war längst auf der Treppe. Sie wollte zu ihrer Arbeit zurück und ihr Blick war Unbarmherzigkeit pur.

»Okay! Okay!«, beeilte ich mich und setzte mein Telefongespräch fort: »Von mir aus. Rhabarberlein. Macht doch das, was ihr wollt! Hauptsache, ihr kommt vorbei, hört ihr? Ja, alle drei! Ich bin nämlich allein und, verflixte Hühnerkacke! Ich würde nur zu gern mit euch spielen!«

Der Besuch bei Felix war demnach gestorben. Ich war verzweifelt und diese Verzweiflung machte mich blind, so blind wie ohne Coca-Cola-Glas-Brille, als ich drei Tage später mit den drei Töchtern der Freundinnen meiner Mutter zum Schlittschuhlaufen aufbrach.

Die pudelmähnigen Monster hatten pastellfarbene Teddyfellmäntelchen über ihre Rüschenkleider gezogen, und damit ich zu ihnen passte, hatten sie mir nicht nur die Haare toupiert und geföhnt, nein, sie hatten mir auch ein Paar Ohrenwärmer aus rotem Plüsch übergestülpt.

Der Obsthändler lachte sich tot, als ich an seinem Stand vorbeikam, und in dem Moment hatte ich es endlich begriffen: Raban, den Helden, gab es nicht mehr. Es hatte ihn niemals gegeben. Raban, der Held, war ein gigantischer, billiger Bluff.

Wunschlos unglücklich

Der letzte Schultag war traurig und still. Die Ferien waren so überflüssig und unwichtig wie ein viereckiger Fußball und über Weihnachten verlor niemand ein Wort. Egal was für tolle Wünsche wir hatten. Sie waren wertlos geworden. Einen Tag vor Heiligabend waren wir wunschlos unglücklich. Könnt ihr euch das vorstellen? Das ist, als würden die Christbaumkugeln an allen Weihnachtsbäumen der Welt auf einmal zerplatzen. Scheppernder Scherbenhaufen! Da fiel es mir plötzlich wie Schuppen von den Augen.

Nicht nur mir ging es schlecht. Nein! Krokodilstränen-Sintflut! Den andern ging es nicht besser. Jeder zog sich zurück. Jetzt erkannte ich es ganz deutlich. Leon lehnte Fabis Einladung ab, ihn zu besuchen, und Fabi wurde ganz wortkarg und schroff, als ihn Leon im Gegenzug bat doch zu ihm nach Hause zu kommen.

Marlon und Rocce begannen sich sogar zu streiten. Jeder warf dem anderen vor, dass er ihm aus dem Weg gehen würde, und die anderen *Wilden Kerle* fragten einander erst gar nicht mehr.

Dann sah ich Maxi. Maxi »Tippkick« Maximilian, den Mann mit dem härtesten Schuss auf der Welt. Doch der arme Kerl kam mir vor, als steckte er in einer Rüstung mit eingerosteten Gelenken. Er, der Mann der Tat, der selbst am Telefon schwieg, wollte den ganzen Tag etwas sagen. Er zappelte hin und her, doch er schaffte es nicht. Da hielt mich nichts mehr zurück. Ich brach das düstere Schweigen.

»So geht es nicht weiter!«, platzte es aus mir heraus und die anderen starrten mich an.

Sie saßen auf ihren Mountainbikes und waren im Begriff, in alle Himmelsrichtungen zu verschwinden. Doch ich stand am einzigen Ausgang des Fahrradunterstandes am Schulhofeingang und versperrte ihnen den Weg.

»Ja, verflixte Hühnerkacke und Sakra-Rhinozeros-Pups! Wir müssen was unternehmen. Sonst gibt es uns bald nicht mehr!«

»Ach, ja? Und was?«, zischte Leon. »Ich denke, du hast schon viel zu viel unternommen.«

Das saß. Es traf mich mitten ins Herz. Und es traf mich zu Recht. Jojo den Ball wegzunehmen war schon sträflich genug. Doch ihn dann auch noch aus weniger als zwei Metern Entfernung über

die Latte zu donnern, das war dümmer als dumm. Das verlangte nach Strafe, das verlangte nach mehr: nach Verbannung auf Lebenszeit! Doch das war mir in diesem Augenblick schnurzpiepe und vollkommen egal.

»Willi hat es gesagt«, konterte ich. »Und der Geist in meinem Kleiderschrankspiegel! So werden wir den Winter nie überstehen!«

Jetzt war es still. Selbst Joschka, Julis jüngerer Bruder, der erst sechs Jahre alt war, zog seine Stirn in Falten wie ein einhunderteinundfünfzigjähriger Greis.

»Willi und wer?«, fragte er.

»Mein Spiegelbild!«, erklärte ich und war überzeugt, es handelte sich dabei um die normalste

Sache der Welt. »Das ist so wie bei Felix. Der unterhält sich doch auch mit einem Revolverhelden.«

»Ja, aber der Revolverheld ist seine Mutter!«, kommentierte Marlon pupstrocken.

»Ja, und! Was ist der Unterschied? Das Spiegelbild, das bin ich. Oder nein, es ist ja mein Geist! Wisst ihr, ich hatte meinen Spiderman-Schlafanzug an, aber der Geist im Spiegel, der ...«

»Spiderman-Schlafanzug?«, fragte Vanessa ungläubig. »Du trägst wirklich einen Spiderman-Schlafanzug?«

»Ja!«, grinste ich stolz, denn ich hielt ihren Spott für Interesse. »Sogar den original echten! Den aus Amerika! Aber mein Spiegelbild trug plötzlich einen Anzug wie Willi. Verstehst du? Vanessa, deshalb war es mein Geist!«

Ich schaute sie erwartungsvoll an. Wenn Vanessa mir glauben würde, glaubten mir alle. Sie kaute auf ihrer Unterlippe, suchte den Blick von Leon, Marlon und Fabi und sagte dann leise, aber bestimmt. »Ich glaube, ich muss ganz schnell von hier weg!«

Damit fuhr sie los, direkt auf mich zu, und im letzten Augenblick sprang ich zur Seite. Die anderen folgten im Pulk, nein, sie flohen buchstäblich, und als sie sich außer Hörweite glaubten, lachten sie los. Sie fielen fast von den Rädern, so lachten sie, und das, was sie so amüsierte, wehte in Fetzen zu mir her.

»Heiliger Muckefuck! Habt ihr das gerade gehört!«

»Bei Raban zu Hause im Kleiderschrank, da spukt's!«

»O Mann, sag mir bitte, dass das ein Scherz ist!«

»Ein Scherz? Der Kerl trägt 'nen Spiderman-Schlafanzug! Der meint das ernst.«

»Kreuzkümmel und Hühnerkacke! Ich muss nach Hause. Ich hol mir 'nen Batman-Umhang und setz mich damit vor die Waschmaschine.«

»Da komm ich mit. Vielleicht watscheln ja Vampire aus ihr heraus!«

Dann war es still. Entweder war ich vor Scham und Gram taub geworden oder sie waren weit genug weg. Langsam setzte ich mich in Bewegung. Nach dem letzten Crash mit dem Obsthändler hatte ich Fahrradverbot. Deshalb ging ich zu Fuß. Die Stille war eisig, doch um mich herum schmolz der Schnee. Bis zu den Knöcheln versanken meine Füße im Matsch und umso mehr war ich überrascht, als ich zu Hause, in der Rosenkavaliersgasse Nr. 6, Willis Einladung fand.

Schwarz mit blutroten Klecksen

Der Brief lag auf dem Tisch neben der Post für meine Mutter. Sie hatte ihn extra gegen eine Vase gestellt. Das machte sie sonst nie. Solche Briefe nahm sie gar nicht erst ernst.

Besonders solche, die pechschwarz waren.

Pechschwarz mit dem *Wilde Kerle*-Logo darauf.

Willi hatte es selber gemalt und dem Monsterkopf dabei eine knallrote Weihnachtsmann-Mütze verpasst. Der Hauch eines Lächelns flutschte aus meinen Augen heraus und kitzelte meinen Mund. Ich riss den Briefumschlag auf und fand ein schwarzes, zusammengefaltetes Papier darin. Das klappte ich auf und dort stand in einer roten Gruselgeisterhandschrift mit vielen roten Klecksen wie Blutstropfen drumherum:

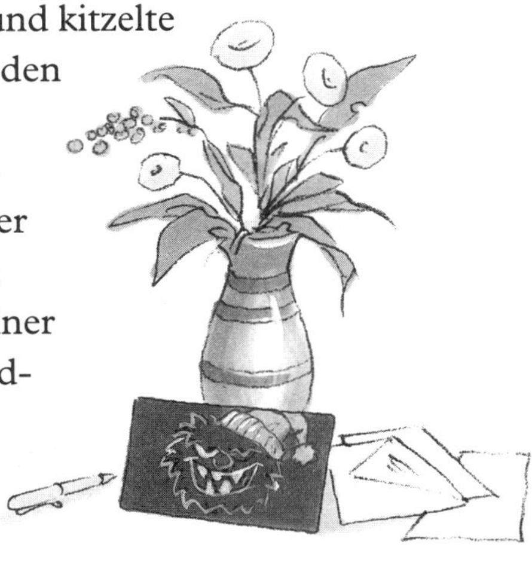

Der Hauch des Lächelns verschwand wie das Rascheln der Gräser im Wind. Mein Gesicht erstarrte zu einer grimmigen Maske.

Sie waren bei Willi gewesen. Sie hatten ihm alles erzählt. Vom Spiegelgeist und vom Spiderman-Schlafanzug. Sie hatten sich mit ihm zusammen über mich totgelacht und jetzt nahm mich Willi auch noch auf den Arm. Das lag so klar auf der Hand wie beidseitig benutztes Klopapier:

Die Schrift. Die rote Tinte und die Kleckse wie Blutstropfen um sie herum. Das ›Uaah‹ am Ende und dann die Einladung selbst. Wie und wo sollte man heute noch rodeln? Der Schnee war geschmolzen und überall gab es nur Matsch.

Ich wurde wütend. Das Gefühl kam ganz tief aus mir heraus. Es war eine leise, aber gewaltige Wut und mit ihrer Hilfe wollte ich mein *Wilde*

Kerle-Leben für immer beenden. Langsam nahm ich das schwarze Papier mit der roten Gruselgeisterhandschrift zwischen die Finger und wollte es gerade ganz genüsslich zerreißen, da erschien meine Mutter über mir auf der Galerie.

»Du kannst das Fahrrad nehmen!«, sagte sie streng.

»Wie bitte? Ich habe doch Fahrradverbot!«, stammelte ich, doch meine Mutter schien sich daran nicht zu erinnern.

»Du kannst dein Fahrrad nehmen, hab ich gesagt. Oder sprech ich vielleicht Chinesisch.«

»Aber ich bin schon verabredet. Cynthia, Marie-Claire-Beatrice und Hannelörchen kommen vorbei. Sie wollen mir den Spitzentanz zeigen.«

»Ich weiß, und ich hab ihnen abgesagt!« Mit diesem Satz riss meine Mutter den letzten Grashalm aus, an den ich mich klammerte, um einer neuen Blamage zu entgehen. Die *Wilden Kerle* und Willi warteten doch nur darauf, dass ich der Einladung folgte. Sie würden auf der Hügelkuppe stehen und sich totlachen, wenn ich mit meinem Schlitten erschien. Ich sah es vor mir, als wäre es schon passiert:

»Hey, Raban! Das ist ja echt wild, dass du kommst!«, begrüßten sie mich. »Jetzt zeig uns doch mal, was für ein Rodelkönig du bist.«

Ja, und das tat ich in meiner Fantasie dann auch: Ich warf meine Plastikrodelschüssel auf den Boden, hockte mich drauf und schlitterte den Hügel hinab. Doch das war ein Witz. Der Schnee war geschmolzen, und schon nach ein paar Metern blieb die Schüssel mit einem dumpfen Ruck stecken, und ich fiel kopfüber in den Matsch. Ja, genau so würde es sein. Hottentottenalptraum!

»Was ist? Worauf wartest du noch!«, holte mich meine Mutter aus meinen Gedanken in die Diele der Rosenkavaliersgasse zurück. »Ich mach das nicht gerne, hörst du?! Aber dieser Willi hat angerufen und er hat mich eine halbe Stunde lang angefleht und bekniet. So wichtig war es für ihn, dass du kommst.«

Für einen Moment war ich baff. Dann flutschte das Lächeln ein zweites Mal aus meinen Augen heraus und kitzelte mich am Mund.

»Warum hast du das nicht sofort gesagt!«, rief ich genervt und begeistert zugleich. Doch das war eine Frage, auf die ich keine Antwort verlangte. Ich lief in mein Zimmer, schulterte meine Plastikrodelschüssel wie einen Wikingerschild und im nächsten Augenblick schlug ich die Haustür schon hinter mir zu, riss mein Fahrrad von der Wand, sprang mitten im Lauf in den Sattel und raste durch die Toreinfahrt auf den Gehweg hinaus.

›Allmächtiger Fettnäpfchenflaschengeist!‹, schoss es mir im selben Moment durch den Kopf und floss eiskalt die Wirbelsäule hinab. Allmächtiger Fettnäpfchenflaschengeist!

Ich hatte den Obsthändler vergessen! Meine Panik war so groß, dass mein Gehirn mit Lichtgeschwindigkeit arbeitete. Wie in Zeitlupe schoss ich auf den Gehweg hinaus und schaute mich nach allen Seiten gleichzeitig um. Gleich, in einer Nanosekunde, würde es krachen und scheppern und dann würde ich in einer Obstkiste landen. Kawumm und Karamba!

Nein, das wollte ich nicht! Ich trat in die Bremsen. Der Traktorhinterradreifen blockierte.

Ich flog über den Lenker und landete auf dem

Po. Atemlos saß ich da und schaute mich um. Doch die Straße war leer. Obststand, Obsthändler und Lieferwagen hatten sich in Luft aufgelöst, als hätte es sie niemals gegeben. Sie waren heute nicht da!

»Dreifach geölte Eulenkacke!«, zischte ich meinen Freudenfluch zum Himmel empor. »So viel Glück gibt es doch gar nicht!«

Dann sprang ich auf, packte mein Fahrrad, merkte gar nicht, dass der Lenker schräg stand, und fuhr glücklich und mit Linksdrall zum *Teufelstopf*, dem Hexenkessel aller Hexenkessel, um dort ein Geheimnis zu erfahren, das keiner von euch glauben wird. Dafür leg ich beide Beine ins Feuer.

Glühwein-Glühwürmchennacht

Je weiter ich den Hügel hinauffuhr, desto matschiger wurde der Weg. Ohne meinen Traktorhinterradreifen hätte ich es gar nicht geschafft. Er wühlte und fraß sich den Hang hinauf und gleich würde ich die Kuppe erreichen. Gleich war ich da. Gleich würden mich meine Freunde, die anderen *Wilden Kerle*, empfangen und wir würden zusammen Weihnachten feiern! Mit einer wilden Weihnachts-Rodelparty!

Mit diesem Gedanken sprang ich über den Kamm des Hügels hinweg, bremste cool ab und kam quer zum Feldweg zum Stehen. Raah! Unter mir lag der *Teufelstopf*: verlassen und still, und genauso verlassen und still war es um mich herum.

Kein *Wilder Kerl* war gekommen und vor mir am Hang lag kein Fleckchen Schnee. Sie hatten mich reingelegt! Selbst Willi hatte bei ihrem bösen Streich mitgespielt und mit meiner Mutter telefoniert. Ja, und ich war so dämlich gewesen und hatte es ihm noch geglaubt. Rodeln gehen, bei diesem Tauwetter? Ich hatte es einfach nicht besser verdient. Ich kämpfte mit den Tränen. Ich war halt so, wie ich war. Ich konnte mich beim besten Willen nicht ändern und ich wäre heute selbst dann noch gekommen, ich hätte ihnen selbst dann noch alles geglaubt, wenn sie mir weisgemacht hätten, ich würde zum Fußballspieler des Jahrtausends gewählt. Verflixte Hühnerkacke! Ich war so allein und es gab niemanden, den ich mehr als meine Freunde vermisste, mehr als die *Wilden Kerle*, die beste Fußballmannschaft der Welt.

»Und ich hab gedacht, es kommt überhaupt keiner mehr«, sagte eine Stimme in meinem Rücken.

Ich wirbelte herum und sah Willi.

»Wo sind die anderen?«, fuhr ich ihn an und rechnete fest damit, sie kämen im nächsten Augenblick lachend und johlend aus ihren Verstecken hervor. Doch die Hügelkuppe war absolut kahl. Hier oben konnte man sich nirgends verstecken.

»Ich dachte, das wüsstest du besser als ich«, antwortete Willi. Er saß in seinem Nadelstreifenanzug auf seinem Schlitten mitten im Schlamm und sah mich absolut aufrichtig an. Ich runzelte meine Stirn. Ich wollte Willi nicht glauben. Er war ein Erwachsener und als Erwachsener ist man nicht so dämlich wie ich.

»Sag nicht, dass du rodeln wolltest!«, knurrte ich

ihn an wie ein Babywolf, der zum ersten Mal sein Spiegelbild sieht. »Ich kann mich selbst auf den Arm nehmen. Dazu brauch ich dich nicht!«

»Nun. Ähm. Ja, also, das Rodeln können wir, glaub ich, vergessen!«, stammelte er. »Aber was hältst du von einem kräftigen Schluck Glühwein? Ich könnte einen gebrauchen.«

Er zwinkerte mir verschmitzt zu.

»Willi!«, rief ich entsetzt. »Ich bin neun Jahre alt und ich bin ein *Wilder Kerl.* Das ist fast so viel wie ein Fußballprofi. Da bedeutet Alkohol Gift.«

»Oh! Ja, sorry. Das tut mir Leid!«, entschuldigte sich Willi bei mir. »Und was hältst du von einem *Wilde Kerle*-Punsch, geprüft und getestet von der FIFA und dem DFB?«

Das Lächeln war bereits aus den Augen heraus und kitzelte mich am Mund, dass ich lachte. Willi lachte zurück. Dann stand er auf und zusammen gingen wir den Hügel hinab auf den *Teufelstopf* zu. Ich schob mein 12-Zoll-Mountainbike mit dem Traktorhinterradreifen und trug meine Plastikrodelschüssel wie einen Wikingerschild auf dem Rücken. Willi ging im Nadelstreifenanzug unterm Anorak neben mir her und sein rot-weiß geringelter Schal zottelte über seiner Schulter. Wir waren ein komisches Paar und trotzdem war ich absolut stolz. Willi hatte mich eingeladen. Zu sich nach Hause! In den Wohnwagen hinter dem Kiosk. Das hatte er noch mit keinem anderen der *Wilden Kerle* gemacht und ich wusste diese Ehre zu schätzen.

Der Wohnwagen war von innen viel größer, als sich von außen vermuten ließ. Und er glitzerte und funkelte wie eine Schatzkammer. Überall an den Wänden waren Regale befestigt und die waren mit Hunderten von Medaillen und Pokalen gefüllt.

»Verflixte Hühnerkacke!«, raunte ich beeindruckt. »Hast du die alle gewonnen?«

»Ja. Das heißt, bis auf einen!«, antwortete Willi und stellte zwei Thermoskannen vor mir auf den Tisch. Eine für sich und eine für mich. »Aber das ist schon ewig lang her.«

Dann schenkte er ein und stieß mit mir an.

»Alles ist gut!«, sagte er.

»Solange du wild bist!«, gab ich zurück.

Dann nahm ich einen kräftigen Schluck. Der *Wilde Kerle*-Punsch schmeckte fantastisch und tat von den Zehen- bis in die Haarspitzen gut. Ich streckte und dehnte mich und schaute mich neugierig um.

»Bis auf welchen?«, fragte ich. »Welchen der Pokale hast du nicht gewonnen? Und warum ist er hier?«

Doch Willi hörte mich nicht. Er schaute mich einfach nur an.

»Warum bist du hier?«, wollte er wissen. »Und warum nicht alle andern?«

»Ich weiß nicht«, beantwortete ich die zweite der Fragen. »Sie haben mir nichts gesagt. Sie reden nicht mehr mit mir.« Willi schwieg, doch als ich ihn ansah, nickte er leicht. Das machte mir Mut.

»Sie haben mich ausgelacht!«, erklärte ich und nahm noch einen kräftigeren Schluck.

Willi tat es mir gleich.

»Warum?«, hakte er nach und ich musste lachen.

»Nein. Das sag ich nicht. Das kann und will ich nicht sagen!«

Ich lachte, doch meine Augen waren todernst. Ich schämte mich und ich hatte Angst, dass auch Willi mich auslachen würde, wenn ich ihm alles erzählte. Doch der machte mir noch einmal Mut.

»Ich wette, es war ein sehr großer Fehler, dass sie dich ausgelacht haben«, sagte er absolut überzeugt. »Ja, und ich wette noch weiter. Ich wette, dass sie, wenn sie nur halb so viel Mumm hätten wie du, alle hier bei uns säßen.«

Ich schaute ihn überrascht an. Das Lächeln kam dieses Mal aus meinem Bauch, doch ich würgte es wieder hinunter.

»Nein. Ich hab keinen Mumm«, wehrte ich mich energisch. »Ich bin ein Angeber. Ich hab den ultimativen Torschuss vergeigt und die Herbstmeisterschaft ganz alleine verloren. Ich trag einen Spiderman-Schlafanzug und ich hab ihnen erzählt, dass mein Spiegelbild ein Geist ist, der einen Nadelstreifenanzug anhat. Genauso wie du.«

So, jetzt war es raus. Willi schob seine rote Baseballmütze in den Nacken zurück und kratzte sich an der Stirn. Dann schüttelte er seinen Kopf und dann musste er lachen.

»Nein. Das gibt es doch nicht. Ist das wirklich dein Ernst?«

Ich schluckte und mein Puls begann ohrenbetäubend zu pochen. Gleich würde ich aufspringen, hinauslaufen und dann würde mich niemand mehr in die Nähe des *Teufelstopfes* oder eines Fußballs bringen. Ja, dafür legte ich nicht nur meine beiden Beine ins Feuer, sondern auch noch mein Herz.

»Weißt du?«, amüsierte sich Willi immer noch weiter. »Ich kann es nicht glauben. Ich kann es einfach nicht glauben, aber mir geht es ganz oft genauso wie dir. Mit einer Ausnahme allerdings. Wenn ich mit meinem Spiegelgeist rede, trägt der keinen Nadelstreifenanzug. Er trägt einen Spiderman-Schlafanzug und er ist die Pest.«

Ich saß da und vergaß fast zu atmen. So verdattert war ich.

»Dampfender Honigkuchenpferdeapfel! Da hast du Recht. Er ist die Pest!«, zischte ich atemlos.

»Ja!«, bestätigte Willi. »Er hält nie seinen Mund!«

»Und er sagt immer nur das, was man auf keinen Fall hören will!«, rief ich entrüstet.

»Ganz genau!«, eiferte Willi. »Und er hat verflixt noch mal Recht!«

Er grinste mich verschmitzt an.

»Oder findest du nicht?«

Ich rutschte nervös auf der Bank hin und her und wollte seine Frage energisch verneinen. Ich wollte den Kopf schütteln. Ich wollte ihm sagen, dass er mich in Ruhe lassen soll! Doch stattdessen senkte ich meinen Kopf, nickte und sagte ganz leise: »Er hat gesagt, dass ich kein *Wilder Kerl* bin. Und dass es meine Schuld ist, wenn es die *Wilden Kerle* bald nicht mehr gibt.«

Ich nahm all meinen Mut zusammen und schaute Willi direkt in die Augen.

»Willi! Ich will nicht, dass der Spiegelgeist Recht haben kann. Ich will, dass er sich verflixt noch mal irrt!«

Willi nickte.

»Das glaub ich dir gern. Doch dann musst du es ihm auch beweisen.«

»Aber wie denn?«, wehrte ich mich. »Die anderen lachen mich aus. Und sie haben Recht. Was Fußball betrifft, bin ich eine Null!«

Willi schaute mich entsetzt an. Er brauchte eine Ewigkeit, um diesen Satz zu verdauen.

»Bist du da sicher?«, fragte er und wollte die Antwort nicht hören.

»Nein, bitte nicht! Sag jetzt nichts«, stöhnte er, doch er konnte mein Nicken nicht mehr verhindern.

Ich war mir absolut sicher. Wenn ich ehrlich bin,

hatte ich es schon die ganze Zeit gewusst. Seit dem Spiel gegen die *Unbesiegbaren Sieger.* Was Fußball betraf, war ich eine Null.

Willi setzte die Mütze ab und strich sich, um sich selber zu trösten, über das Haar. Dann nahm er einen kräftigen Schluck, überlegte, leerte die Tasse dann ganz und trank noch zwei weitere aus.

»O Mann! Das ist hart«, seufzte er. »Verflixt und zugenäht! Wenn das so ist, hast du nur eine einzige Chance. Eine einzige klitzekleine.«

Ich hielt mich an der Tischkante fest, als ging es um Leben und Tod. Und meine Augen klebten an Willis Lippen. Pechschwefliges Rübenkraut! Ich würde jede Chance nutzen, die er mir gab.

Willi musterte mich skeptisch.

»Die Chance, von der ich spreche, ist so groß, als würde ein ausgewachsener Elefant versuchen auf einem Seidenfaden über den Grand Canyon zu balancieren. Traust du dir so etwas tatsächlich zu?«

Ich schluckte. Das war unmöglich. Der Elefant schaffte das nie! Doch ich hatte keine andere Wahl. Ich musste es einfach versuchen. Deshalb biss ich mir auf die Lippen und nickte. Beim knisternden Höllenschlund! Ich war verrückt!

Doch Willi nickte zufrieden.

»Gut. Ich wusste, ich hab mich in dir nicht geirrt.«

Willi drehte sich um, nahm einen uralten Lederball vom Regal und legte ihn zwischen uns auf den Tisch.

»Hier. Schau dir das an. Das ist die Trophäe, die ich nicht gewonnen hab. Sie wurde mir nur geschenkt. Oder besser gesagt: Sie wurde mir anvertraut.«

Willi sah meinen zweifelnden Blick. Was hatte dieser olle Fußball zwischen all den glänzenden Pokalen verloren?

»Ich weiß«, räumte er ein, »er sieht nach nichts aus. Doch für mich ist er das Wertvollste, was ich besitze.«

Willi rutschte aufgeregt hin und her.

»Bitte, hör mir jetzt ganz genau zu. Lass mich dir alles erzählen. Dann kannst du tun, was du willst. Dann kannst du aufstehen und gehen und alles wieder vergessen. Oder du kannst es versuchen. Du kannst der Elefant sein, der auf einem Seidenfaden über den Grand Canyon tanzt. Ist das okay?«

Ich wusste nicht, was ich tun sollte. Ich verstand überhaupt nichts mehr. Ein uralter Fußball, ein Seidenfaden und ein Elefant, der über den Grand Canyon wollte. Verflixte Hühnerkacke! Was hatte ein Elefant am Grand Canyon verloren?

Doch für Willi war das alles absolut logisch. Er

beugte sich vor und begann so leise zu sprechen, als würde er mir das größte Geheimnis verraten, das es auf der Fußballwelt gab.

»Raban. Ich war genauso wie du. Ich war nur ein bisschen älter. Ich glaub, ich war sechzehn damals. Aber das spielt keine Rolle. Das war eine andere Zeit. Auf jeden Fall hab ich mir dieselben Fragen gestellt. Dieselben Fragen, die dich jetzt so unglücklich machen.«

Ich schnappte nach Luft. So lange hatte ich nicht mehr geatmet. Willi, der beste Trainer der Welt, hatte dieselben Probleme wie ich? Das schien mir völlig unmöglich zu sein. Doch wenn ich dieses ›unmöglich‹ vergaß, machte es mir genauso viel Mut.

»Okay! Erzähl weiter!«, räusperte ich mich und Willi nickte wieder zufrieden.

»Ich hatte damals nur ein einziges Ziel. Ich wollte der beste Fußballspieler werden, den es auf der Welt gab. Besser als heute Figo, Zidane und Ronaldo zusammen. Doch die Wirklichkeit war leider ganz anders. Der Vater vom Dicken Michi hatte mein Knie ruiniert. Ich hinkte wie der Glöckner von Notre Dame. Ich war verzweifelt, denn die einzige Chance, die mir blieb, war Balljunge im Minigolfclub von Großdingarting zu werden. Da lud mich mein Trainer ein. Zu sich nach Haus. Und so wie du jetzt hier sitzt, saß ich damals vor ihm. Und dann verriet er mir das größte Geheimnis, das es für einen Jungen in der Fußballwelt gibt.«

Jetzt wurde es zum Zerreißen spannend. Ich hatte kein kaputtes Knie. Ich hatte nur keinen richtigen ›falschen‹ Fuß und Willi fasste mich bei der Hand und sah mir durch die Augen direkt in die Seele hinein.

»Alle 24 Jahre, wenn man das Glück hat und einen Tag vor Weihnachten, also mitten im Winter, Glühwürmchen glühen, dann tritt das Fußballorakel zusammen. In der Silvesternacht, im alten 60er-Stadion an der Grünwalder Straße flammt um kurz nach Mitternacht die Flutlichtanlage auf und dann erscheinen sie: die Geister der großen deutschen Fußball-Legenden. Sie spielen mit dir und nach diesem alles entscheidenden Match sagen sie dir, ob du es schaffst.«

»Ob du was schaffst?«, fragte ich hypnotisiert.

»Ob du es schaffst, ein Fußballprofi zu werden«, antwortete Willi, machte eine Pause und fügte dann noch hinzu: »Oder ob du vielleicht eine andere Aufgabe hast.«

»Und?«, wollte ich wissen. »Was haben sie dir gesagt? Wie fiel ihr Spruch aus?«

»Ich war nicht gut genug!«, antwortete Willi und schloss seine Augen, als hätte man ihn gerade erst zum Tode verurteilt.

»Ich war nicht gut genug! Das sagten sie mir, als wünschten sie mir für mein weiteres Leben viel Glück. Ich war vollkommen sauer. Das kannst du dir bestimmt denken. Doch dann gaben sie mir diesen Ball. Den Ball, der jetzt so oll und unscheinbar ist, und raunten mir zu, dass ich eine andere Lebensaufgabe hätte. Ich müsste nur warten. Irgendwann fände ich sie schon heraus.«

Willi lachte. Doch er lachte durch einen Schleier von Tränen hindurch. »Und ich hab sie gefunden. Ich hab sie gefunden, als ihr zu mir kamt. Als ich euer Trainer wurde, Raban! Der Trainer der besten Fußballmannschaft der Welt.«

Willi schaute mich an. Dann trank er noch eine

Tasse und spätestens jetzt konnte ich riechen, dass sein Glühwein nicht vom DFB kam.

»Verstehst du mich, Raban?«, nuschelte er und fasste mich bei der Hand. »Jetzt hast du diese Chance. Die Chance, die es nur alle 24 Jahre für einen Jungen, der Fußball liebt, gibt.«

Willis Augen leuchteten vor Begeisterung und sie leuchteten immer noch, als ich vor dem Wohnwagen stand, um mich zu verabschieden. Draußen war es längst dunkel geworden. Der Sturm pfiff durch die Bretter des Holzzauns hindurch, fuhr in die Plastikrodelschüssel auf meinem Rücken und warf mich fast um.

»Ich weiß nicht«, druckste ich rum und zappelte auf der Stelle. »Das klingt ziemlich erfunden, Willi, findest du nicht?«

Doch Willi schwieg.

»Und selbst, wenn es wahr wäre. Wie sollte ich etwas ändern?«, ließ ich den letzten Strohhalm nicht los. »Die andern lachen mich aus. Für die bin ich Raban, der Clown. Der Spinner. Die würden nie auf mich hören.«

»Ja, und?«, widersprach Willi. »Wenn man wirklich an was ganz Großes glaubt, muss man mit dem Spott der anderen rechnen.«

»Und wenn man das aber nicht kann?«, widersprach ich.

»Dann wird es die *Wilden Fußballkerle* bald nicht mehr geben. Oder glaubst du, dass ich nur dich eingeladen habe? Nein, jeder hat einen Brief gekriegt. Selbst Rocce, der Zauberer, und Deniz am anderen Ende der Stadt. Doch die haben sich nicht getraut. Die haben sich alle längst aufgegeben.«

Ich stand da im Dunkeln. Meine Coca-Cola-Glas-Brille beschlug und verwandelte die Welt um mich herum in ein türkisches Dampfbad. Der matschige Boden unter meinen Füßen wabberte und klebte, als stünde ich in einem Glas Marmelade, und Willi hatte nichts Besseres vor, als mich zum Ritter zu schlagen, zum Retter der besten Fußballmannschaft der Welt.

»Raban! Du hast es doch schon einmal geschafft. Erinnerst du dich? Damals, als dich Leon zusammen mit Joschka aus der Mannschaft geworfen hat. Damals, vor dem Spiel gegen die *Unbesiegbaren Sieger*. Damals hast du mich zurückgeholt! Verflixt! Das hast du doch bestimmt nicht vergessen. Und dann hast du auch noch das Siegestor geschossen. Mit deinem schwächeren Fuß.«

»Ich hab keinen schwächeren Fuß!«, gab ich nüchtern zurück.

»Und wenn schon? Was macht das denn aus?«, flehte Willi mich an. »Du bist die Eiche im Wind.

Du glaubst daran, was wir sind. Ohne dich würde es die *Wilden Kerle* nicht geben.«

In diesem Augenblick fuhr ein Windstoß in die Plastikrodelschüssel auf meinem Rücken hinein und hob mich zwanzig Zentimeter hoch in die Luft.

»Ich und die Eiche im Wind!«, spottete ich, drehte mich um und schob mein Fahrrad durch das Tor im Holzzaun hindurch und dann den Hügel hinauf.

Sakra-Rhinozeros-Pups und Hippopotamusbullenpropellerschwanzmist! Warum musste immer ich dran glauben? Ich, Raban, der Clown, der es jetzt nur mit Mühe schaffte, sein 12-Zoll-Mountainbike den Hügel hinaufzuschieben?

Doch Willi gab noch immer nicht auf.

»Vergiss die Glühwürmchen nicht!«, rief er hinter mir her.

»Glühwürmchen!« Ich schüttelte meinen Kopf. Einen Tag vor Weihnachten gab es so etwas nicht. Die waren längst alle hinüber. Doch als ich die Hügelkuppe erreichte, blieb ich unverhofft stehen und kniff mich fest in die Wange.

Überall um mich herum funkelte es. Tausende von glühenden Punkten tanzten durch die Dezembernacht. Für einen Moment war ich baff. Doch dann sprang ich auf mein Fahrrad und raste davon.

Ich fuhr so schnell, wie ich konnte, und als ich mit quietschendem Traktorhinterradreifen in die Rosenkavaliersgasse einbog, sah ich den Obststand zu spät.

Dampfender Honigkuchenpferdeapfel! Wo kam der denn jetzt her? Doch für diese Frage war es zu spät. Ich raste bereits auf die Datteln zu und der Obsthändler versperrte mir mit seinen baggerartigen Krallen den Weg!

Hottentottenalptraumnacht! Jetzt bin ich für immer erledigt! Das genau schoss mir durch den Kopf. Doch dann sah ich die Baubohle, die auf der Schubkarre lehnte, die auf dem Bürgersteig stand. Irgendein Bauarbeiter hatte sie offensichtlich vergessen. Oder war es ein Engel gewesen? Denn jetzt jagte ich über die Baubohle und die Schubkarre hinweg, hob ab und flog über den Obsthändler, der sich vor Schreck in die eigenen Datteln warf und zwischen den Mandarinen versteckte, über den Obststand hinweg.

Raah!

Das hättet ihr sehen müssen. Das war der Hit! Und bevor der Obsthändler wusste, in welcher Kiste er war, bevor er sich zwischen seinem Obst wiederfand und aufsprang und schimpfte, war ich längst sicher zu Hause.

Raban, der Clown

Heiligabend war wie jedes Jahr, zumindest bei uns. Meine Mutter und ich feierten ganz alleine. Der Weihnachtsbaum kam aus Japan oder Taiwan. Eine echte Bonsai-Blautanne. Mindestens dreißig Zentimeter hoch und mit Weihnachtskugeln geschmückt, die so groß waren wie Cocktailtomaten, stand sie auf der alten Fußbank in der Halle unter der Galerie.

Ich saß seit vier Uhr am Nachmittag davor und wartete auf etwas, von dem ich wusste, dass es mit Sicherheit nicht passiert. Um Punkt sechs kam meine Mutter dann aus ihrem Arbeitszimmer heraus, schaltete die Hi-Fi-Anlage an, und während wir ›Stille Nacht, Heilige Nacht‹ hörten, nahmen wir uns in den Arm und überreichten uns unsere Geschenke.

Ich öffnete meines zuerst und sah mich im dritten Jahr in Folge mit einem dritten Spiderman-Schlafanzug konfrontiert. Zuerst wollte ich etwas sagen: »Mama, ich bin jetzt neun Jahre alt. Die

Wilden Kerle lachen mich aus, weil ich solche Schlafanzüge trage!« Doch dann entschied ich mich lieber zu schweigen. Ich rechnete nicht damit, dass mich meine Mutter verstand, und stattdessen wartete ich ungeduldig darauf, dass sie mein Geschenk auspackte. Ich hatte mir dieses Mal richtig Mühe gegeben. Ich hatte ihr das beste Geschenk ausgesucht, was ein *Wilder Kerl* finden kann. Doch meiner Mutter ging es ähnlich wie mir. Wortlos starrte sie auf die Karte, die ich ihr gemalt hatte:

»VIP-Logenkarte« stand in großen Buchstaben auf dem schwarzen Karton. Und darunter konnte man lesen:

»Diese Karte berechtigt Sie exklusiv und persönlich, jedes Heimspiel der *Wilden Fußballkerle* zu

sehen. Ihr Platz befindet sich direkt neben dem Kiosk unter dem Regenschirm. Und Sie bekommen eine Apfelsaftschorle und eine Bockwurst mit Senf und Semmel umsonst.«

Das war's. Der Tag ging vorbei, doch die, die ihm folgten, streckten sich immer mehr in die Länge.

Am Anfang hatte ich wenigstens einen einzigen Trost. Die drei Töchter der Freundinnen meiner Mutter, Cynthia, Marie-Claire-Beatrice und Hannelörchen, hatten sich zum Skiurlaub in die Berge verkrochen. Sie konnten mich deshalb nicht quälen. Doch spätestens am vierten Tag, drei Tage vor Silvester, schlug dieser angebliche Vorteil in einen Nachteil um. Die drei rüschenbewehrten Monster hätten mich ablenken können. Doch ohne sie hielt ich es vor Einsamkeit nicht länger aus und einen Tag vor Silvester preschte ich aus dem Haus, um einen *Wilden Kerl* nach dem anderen zu besuchen.

Ich konnte nicht anders. Ich musste ihnen einfach erzählen, was in der nächsten Nacht im alten 60er-Stadion an der Grünwalder Straße laut Willi passiert. Vielleicht würden sie es ja glauben und dann glaubte ich es am Ende auch. Morgen Nacht hatten wir alle die Chance zu erfahren, was aus uns wird.

Punkt Mitternacht würde das Flutlicht angehen.

Die Geister der größten deutschen Fußball-Legenden würden erscheinen und mit einem spielen. Und danach sagten sie einem, ob man es schafft. Ob man das Zeug dazu hat, ein Fußballprofi zu werden.

Doch egal zu wem ich auch kam, ob zu Leon und Marlon, zu Fabi, Rocce oder Vanessa, keiner von ihnen glaubte mir auch nur ein Wort. Selbst Joschka schaute mich an, als würde ich in meinem Spiderman-Schlafanzug vor ihm sitzen und ihm erklären, dass man Fußball auf Schlittschuhen im Swimmingpool spielt.

Es war aussichtslos. Ich konnte keinen von ihnen überzeugen und am Ende kehrte ich noch einsamer und trauriger nach Hause zurück. Doch diese Traurigkeit und Einsamkeit weckte auch meinen Trotz. Aus Trotz allein schon wollte ich es ihnen beweisen, dass es das Fußballorakel in der Silvesternacht wirklich gab. Sie würden es schon noch bereuen, wenn ich ihnen davon erzählte. 24 Jahre lang würden sie es bereuen und mich beneiden und mit diesem Trotz im Rücken wagte ich mich an das letzte Hindernis.

»Du, Mama!«, brach ich das Schweigen beim Frühstück am nächsten Morgen. »Ich glaube, ich werde heute mit dir nicht Silvester feiern.«

Meine Mutter schaute über ihre Zeitung hinweg

und runzelte ihre Stirn. Ich saß in kompletter Fußballmontur vor ihr und rührte mein Essen nicht an. So aufgeregt war ich schon.

»Ich gehe heute Nacht ins alte 60er-Stadion, um die Fußballgeister zu treffen.«

Jetzt faltete meine Mutter die Zeitung zusammen und verschränkte die Arme vor ihrer Brust.

»Das passiert nur alle 24 Jahre ein Mal und ich werde nicht auf das nächste Mal warten. Die veranstalten nämlich ein echtes Orakel und sagen mir dann, was aus mir wird.«

Jetzt war es heraus, und was das bedeutete, sah ich an dem seltsamen Zucken der Nasenflügel in Mamas Gesicht.

»Das wirst du nicht tun!«, sagte sie mit einer Wut, die, obwohl sie ganz leise sprach, alle Träume blitzschnell zerstörte.

Mehr sagte sie nicht. Mehr musste sie auch gar nicht mehr sagen. Ja, und deshalb nahm sie die Zeitung wieder vom Tisch, entfaltete sie und las weiter, als wäre überhaupt nichts passiert. Doch als es neun Uhr schlug und sie sich wie jeden Morgen erhob, um in ihr Arbeitszimmer zu gehen, war ich schon lange verschwunden.

Die Nacht der Nächte

Ich lief aus dem Haus und rannte ziellos und wild durch die Straßen. Ich rannte und rannte, bis ich nicht mehr konnte. Erst dann blieb ich stehen und fühlte mich wie der größte Idiot auf der Welt. Was nutzte das Weglaufen überhaupt, wenn meine Mutter ganz genau wusste, wann und wo sie mich finden würde? Sie musste nur vor dem Stadion warten, bis ich auftauchen würde, und mich nach Hause verfrachten. Es war gerade erst neun Uhr am Morgen. Was sollte ich bloß die nächsten 15 Stunden bis Mitternacht tun? Zu meinen Freunde konnte ich nicht. Sie hielten mich für verrückt. Und als ich zum Kiosk ging, um bei Willi zu warten, fand ich diesen nicht vor. Kiosk und Wohnwagen waren verschlossen und das Mofa war weg. Was hatte das zu bedeuten? Ging er mir absichtlich aus dem Weg? War die Geschichte mit dem Orakel doch nur erfunden? Machte ich mich gerade wieder einmal absolut lächerlich? So wie am Tag vor Heiligabend, als ich trotz Tauwetter zum Weihnachtsrodeln erschienen war?

Hottentottenalptraumnacht, und das am hellichten Tag! Für einen Moment wollte ich nach Hause zurück und mich bei meiner Mutter für mein unerlaubtes Verschwinden entschuldigen. Statt ins 60er-Stadion zu gehen würde ich dann mit ihr den Abend verbringen, und statt vom Fußballorakel meine Zukunft zu erfahren, würde ich mit ihr Bleigießen veranstalten. Meine Mutter hasste Raketen und das war das Einzige, wozu sie sich an Silvester breitschlagen ließ.

Doch dann biss ich die Zähne zusammen und nahm mein kleines Herz in die Hand. Beim Fußballderwisch von Ostokinawa! Was hatte ich schon

zu verlieren? Also lief ich weiter kreuz und quer durch die Stadt, und während ich lief, begannen die Träume:

Mindestens hundertmal saß ich in ihnen im Stadion und sah zu, wie das Flutlicht anging. Dann kamen die Fußball-Legenden und spielten mit mir. Am Anfang war ich noch schüchtern, doch dann wuchs ich buchstäblich über mich hinaus. Ich wurde der beste Stürmer der Welt. Zielstrebiger als Deniz, die Lokomotive, schneller als Fabi, der schnellste Rechtsaußen der Welt, wilder als Leon, der Slalomdribbler, und trickreicher als Rocce, der Zauberer. Ja, hundertmal führte ich mein Team zum Sieg und dann kam der Urteilsspruch. Die Fußball-Legenden bildeten einen Kreis und stellten mich in die Mitte. Eine Ewigkeit schauten sie mich nur an. Aber dann lächelten sie. Das Lächeln wurde zum Lachen und dann sagten sie mir, ich würde der größte Fußballstar werden, den es je gab!

Ja, und dann, wenn ich ausgeträumt hatte, ging ich mit stolz erhobenem Haupt durch die Stadt. Ich wartete immer so lange, bis jemand auf mich aufmerksam wurde, und im selben Moment warf ich einen Stein hoch in die Luft. Ihn wollte ich kicken und der Jemand sollte das unbedingt sehen. Er sollte den Hackenkick bewundern, den

Volleyschuss oder das Jonglieren mit dem Knie. Ja, das sollte er, und wenn mir der Trick dann misslang, was in hundert Prozent der Fälle passierte, drehte ich mich blitzschnell um, änderte meine Richtung und begann wieder von neuem zu träumen.

So verging die Zeit wie im Flug. Bald wurde es Mittag. Dann wurde es Nacht, und als es neun Uhr war, brach ich zum Stadion auf. Schon von weitem sah ich die seit Jahren erloschene Flutlichtanlage, und kaum konnte ich das Tribünendach über den Dächern der Häuser erkennen, da be-

gann ich schon wieder zu träumen. Doch dieses Mal brach mein Traum kurz vor dem Urteilsspruch ab. Es war mein sechster Sinn, oder der Schatten, der sich in meinen Augenwinkeln bewegte. Auf jeden Fall wachte ich auf und konnte mich gerade noch rechtzeitig verstecken.

Vor dem Eingang zum Stadion stand doch, und ich hatte es ja eigentlich nicht anders erwartet, niemand anderes als meine Mutter.

»Allmächtiger Fettnäpfchenflaschengeist!«, fluchte ich. »Das war absolut haaresbreitenscharf knapp!«

Dann schlich ich im Schatten der Häuser an meiner Mutter vorbei, fand abseits ein Loch im Maschendrahtzaun und robbte ins Stadion rein.

Der Schwindel fliegt auf

Um zehn Uhr betrat ich den Rasen, der inzwischen fast kniehoch im Stadion wuchs, und genauso hoch schossen jetzt meine Zweifel überall um mich herum aus dem Boden. Hatte Willi wirklich die Wahrheit gesagt? Hatte er selbst vor 24 Jahren hier alleine gestanden? Wenn ja, dann hatte man den Rasen seit dieser Zeit nicht mehr gemäht. Ja, und dann lag es auch klipp und klar auf der Hand, so klipp und klar wie doppelseitig benutztes Klopapier: Heute würde niemand mehr kommen, um hier Fußball zu spielen.

»Pechschwefliges Rübenkraut!«, fluchte ich und dann erhielt ich ein Echo von der Tribüne zurück.

»Pechschwefliges Rübenkraut!«, kicherte es. »Das ist gut!«

»Ja, versuch's doch mal mit ›Abrakadabra‹!«

»Oder ›Heiliger Muckefuck!‹ Das ist auch nicht so schlecht!«

Ich fuhr herum und dann sah ich sie alle da sitzen: Leon, Fabi, Marlon und Rocce, Maxi, Juli,

Joschka, Vanessa, Deniz, Markus und Jojo. Ja, selbst Felix war da, obwohl nur halbwegs gesund. Sie waren alle gekommen. Sehr wahrscheinlich aus demselben Grunde wie ich: Wenn es das Fußballorakel tatsächlich gab, wollte es keiner verpassen. Nur hatten sie es heimlich gemacht und mussten sich jetzt nicht wie ich schämen. Nein, sie konnten mich sogar verspotten und das taten sie jetzt.

»Hey, Ra-haban«, rief Deniz. »Was hältst du davon, wenn wir Fußball-Legenden-Suchen spielen? Die haben sich doch bestimmt wie Ostereier auf dem Rasen versteckt!«

Ich wurde knallrot und blitzte ihn an, doch ich war vor Scham schon ganz heiser. Ich brachte keinen Ton heraus und deshalb setzte ich mich abseits von den anderen einfach nur auf die Bank.

Dort wartete ich und die nächsten zwei Stunden wurden zur Ewigkeit. Immer wieder zerschnitten die spöttischen Bemerkungen der anderen *Wilden Kerle* die Stille und holten mich aus meinen Träumen heraus. Schließlich saß ich nur noch da auf der Bank und brütete dumpf vor mich hin. ›Hör einfach nicht hin! Hör einfach nicht hin!‹, schärfte ich mir jedes Mal ein, doch das wollte und wollte nicht klappen. Jede ihrer Bemerkungen traf mich wie ein Messerstich mitten ins Herz. Das Einzige, was mich jetzt noch ausharren ließ, waren Willis

Worte am Abend nach der geplatzten Weihnachtsrodelparty: »Und wenn schon? Was macht dir das denn aus? Du bist die Eiche im Wind. Du glaubst daran, was wir sind. Ohne dich würde es die *Wilden Kerle* nicht geben.«

Dann schlug es zwölf und ich sprang sofort auf. Auch die anderen *Wilden Kerle* erhoben sich von den Plätzen. Um uns herum in der Stadt begann das Silvesterfeuerwerk. Knaller krachten, pfiffen und röhrten und Raketen zischten in den Himmel hinauf, wo sie in funkelnden Farben zerplatzten. Doch die Flutlichtanlage blieb aus. Es rührte sich nichts, und während sich die Menschen überall auf der Welt umarmten und einander alles Glück wünschten, das es nur gab, schüttelten meine Freunde den Kopf. Sie grinsten verlegen und spuckten abfällig aus.

»Los, lasst uns hier abhauen!«, sagte Leon genervt. Doch Fabi zögerte noch, traute sich schließlich und schaute zu mir herüber: »Was ist mit dir? Kommst du mit oder nicht?«

Ich wollte nicken. Ich wollte aufspringen und zu ihnen laufen. So erleichtert war ich, dass wenigstens Fabi endlich wieder mit mir sprach. Doch irgendwas hielt mich fest. Ich konnte mich weder bewegen noch konnte ich etwas sagen. Da verloren die anderen die Geduld.

»Was soll denn das, Fabi?«

»Was willst du von dem Spinner?«

»Soll der Trottel doch hier bleiben, wenn er unbedingt will.«

Fabi schaute mich noch ein letztes Mal an. Dann drehte er sich um und folgte den andern.

Ich vergrub mein Gesicht in den Händen. Ich wollte nicht, dass jemand sah, wie ich weinte. Ich wollte es selbst nicht sehen.

Ich konnte das jetzt nicht ertragen.

Dann hörte ich Schritte direkt hinter mir und dann hörte ich meine Mutter.

»Du weißt gar nicht, wie peinlich das war!«, sagte

sie tonlos und kalt. »Ich wünschte, ich hätte das niemals gesehen.«

Dann ging sie an mir vorbei. Ich blieb sitzen, doch nach zehn endlosen Schritten drehte sie sich noch einmal um.

»Komm jetzt! Wir gehen nach Hause.«

Potzblitz und Donnergeist!

Ich lief meiner Mutter hinterher wie ein Küken dem erstbesten Lebewesen, das es nach dem Schlüpfen sieht. Ja, und ich denke, meine Mutter fühlte nicht anders. Sie war der Schwan und ich war das Kuckucksei, das man ihr ins Nest gelegt hatte. Ja, und ich konnte ihr diese Gedanken auch nicht verübeln. Ich hatte mich wirklich und absolut bloßgestellt. Wie konnte man mit neuneinhalb Jahren und bei gesundem Verstand nur daran glauben, dass es ein Fußballorakel in Wirklichkeit gab? Auch wenn das nur alle 24 Jahre stattfinden sollte?

Ich musste mich damit abfinden, kostete es, was es wollte. Und ich musste mit dem leben, was in Zukunft passiert. Was unausweichlich war und nicht zu verhindern. Ich musste damit leben, dass ich kein *Wilder Kerl* war und dass es schon bald nach mir jeden anderen der *Wilden Kerle* erwischte.

Da sirrte es in der Luft. Ich blieb stehen und ich roch die Elektrizität. Funken sprühten wie Sternschnuppen am Stadionhimmel und dann flammten die Flutlichtscheinwerfer auf. Ich war geblendet, so hell waren sie. Und als ich wieder sehen konnte, war der Rasen gemäht.

Es war der beste Rasen der Welt und über ihn kamen jetzt, als befänden wir uns im Hochsommer bei einer Weltmeisterschaft, majestätische Gestalten in majestätischen Trikots direkt auf mich zu.

Da waren die Weltmeister von 1974 in Deutschland: Gerd Müller, der Bomber der Nation, die

Mittelfeldstars Paul Breitner, Wolfgang Overath und Günther Netzer. Da war Sepp Maier im Tor, Grabowski, Uli Hoeneß im Sturm und in der Mitte von ihnen ging der Kaiser persönlich. Franz Beckenbauer kam zu mir, zu Raban, dem Helden, und reichte mir seine Hand.

»Hallo, Raban!«, sagte er freundlich. »Du weißt, worum es heute hier geht?«

Ich nickte, ich war noch viel nervöser und schüchterner als in meinem nervösesten und schüchternsten Traum.

»Gut!«, sagte der Franz. »Dann ist es gut. Fangen wir an oder hast du etwa doch eine Autogrammstunde erwartet?«

Ich lief rot an und schüttelte den Kopf. Doch für mehr ließ man mir jetzt keine Zeit. Es ging schon los. Ich spielte mit Gerd Müller zusammen im Sturm. Im Mittelfeld hinter mir regierte Netzer, die Abwehr übernahm Kaiser Franz und ins Tor ging natürlich Sepp Maier. Die anderen waren die Gegner und laut Statistik hatten sie nicht den Hauch einer Chance. Doch wie gesagt, ich war so nervös und so schüchtern, dass es mich gar nicht gab.

Immer wieder bekam ich den Ball. Immerhin war es mein persönlicher Test. Doch ich verstolperte ihn, stoppte ihn, wie es meine Oma nicht schlechter hinkriegen konnte, oder drosch und flog einfach über ihn weg.

Die Fußball-Legenden sagten zuerst kein Wort. Dann beruhigten sie mich und bauten mich auf. Doch es wurde nicht besser und schließlich begann ich mich auf dem Platz zu verstecken. Ich wollte und konnte nicht mehr. Das war einfach zu viel. Ich überließ ihnen das Spiel und so konnte ich zumindest zwei Halbzeiten lang die höchste Form der Fußballkunst aus nächster Nähe genießen.

Trotzdem stand es eine Minute vor Schluss immer noch null zu null. Da verirrte sich der Ball doch noch einmal zu mir. Ich sah Wolfgang Overath und Bertie Vogts von den Gegnern. Sie kamen direkt auf mich zu.

Beim knisternden Höllenschlund! Was machte ich bloß?

Ich nahm vor ihnen Reißaus. Ich floh auf unser Tor zu. Sepp Maier, der Scherzbold, wollte es zunächst gar nicht glauben. Doch dann war es leider zu spät. Ich zog ab und das Leder passte genau in den Winkel.

Dreifach geölte Eulenkacke! Bitte kein Eigentor! Nein!

Da bekam der Ball im allerletzten Moment einen Drall, prallte gegen das Winkelkreuz, schoss hoch in den Himmel und wieder herab, sprang auf wie ein Flummi, zischte von Netzers Knie, ohne dass der sich bewegte, gegen Overaths Kopf, ohne dass der was dafür konnte, kam zu Hoeneß und Müller und sprang dann über Norbert Nigbur, den Ersatztorwart der Deutschen, ins Tor.

»Potzblitz und Donnergeist!« Ich riss die Arme hoch und stürmte über den Platz. Wir hatten gewonnen! Gewonnen durch ein Billardtor à la Raban, dem Helden! Ich umarmte alle, und während sich alle bei mir für den einzigen und spielentscheidenden Treffer bedankten, sah ich, wie meine Mutter und die anderen *Wilden Kerle* auf der Tribüne vor Freude von ihren Sitzen aufsprangen.

Sakra-Rhinozeros-Pups! Auch sie waren zurückgekommen, als das Flutlicht aufgeflammt war. Ja, und sie hatten alles gesehen! Jetzt war ich nicht mehr der Spinner. Jetzt war ich nicht mehr verrückt. Jetzt musste sich niemand mehr für mich schämen. Potzblitz und Donnergeist!

Da bildeten die Fußball-Legenden auch schon ihren Kreis und der Bomber der Nation, Gerd Müller höchstpersönlich, führte mich in seine Mitte hinein.

Schwarze runde Magie

Ich stand da und traute mich nicht mich zu bewegen. Ich glaube, ich atmete auch nicht mehr, und überhaupt, mein Herz hörte ganz auf zu schlagen. Ich sah nur die Gesichter der Fußball-Stars um mich herum. Gerd Müller, der meine Hand losließ und in den Kreis der anderen zurücktrat, lächelte mir noch einmal zu. Dann waren sie alle ganz ernst und dann begann der Kaiser zu sprechen.

»Du hast gesagt, du weißt, warum du hier bist?«, fragte er jetzt schon zum zweiten Mal und ich nickte ein ›Ja‹ mit den Augen. Mehr schaffte ich nicht.

»Okay. Dann weißt du auch, dass das hier keine Autogrammstunde ist. Das hier ist absolut ernst!«

In diesem Moment stürzte alles auf mich ein. Ich atmete wieder. Mein Herz schlug so laut wie der Motor der Titanic bei voller Fahrt und mein Blut rauschte mir in den Ohren, als rammte das Schiff sich gerade in den Eisberg hinein. Ich drohte schon zu ertrinken, da zog der Kaiser einen schwarzen Pappwürfel aus dem Nichts.

Schwarz und mit ungefähr zwanzig Zentimeter Seitenlänge. Er öffnete ihn und präsentierte mir den Inhalt. Einen nachtschwarzen Fußball mit unserem *Wilde Kerle*-Logo darauf. O Mann, das war schwarze runde Magie! So etwas Wunderbares hatte ich noch nie gesehen! Und der war für mich! Strahlend vor Glück und absolut dankbar nahm ich den Karton mit dem *Wilde Fußballkerle*-Ball an.

»Das ist für dich, damit du deine neue Aufgabe auch nie vergisst!«, erklärte der Franz. »Es ist dir doch klar, dass du kein Profi werden kannst, habe ich Recht?«

Ich nickte, und obwohl mein Herz bis nach Australien sackte, wusste ich, der Kaiser hat Recht.

»Gut!«, sagte er. »Das ist gut! Dann wünsche ich dir noch viel Glück. Alles ist gut!«, sagte der Kaiser.

»Ja, so-solange du wild b-bist!«, stammelte ich als Antwort zurück. »A-Aber, was ist m-meine Aufgabe?«, fragte ich dann noch.

Da ging das Flutlicht aus. Im Zeitraum eines Augenaufschlags waren die Fußballgeister verschwunden und das Gras stand wieder kniehoch. Ich schaute mich überrascht um. Was war eigentlich passiert?, fragte ich mich. Da stürmten auch schon die *Wilden Kerle* auf mich ein.

»Und, was hat er gesagt?«, fragte Joschka.

»Schaffst du es, Raban?«, packte mich Fabi. »Wirst du einer wie sie?«

Ich schaute ihn an und schüttelte traurig den Kopf.

»Oh, das tut mir Leid!«, bedauerte mich Vanessa viel zu schnell.

»O Mann, ich hab dich gerade noch so sehr beneidet!«, schüttelte Felix den Kopf. »Aber jetzt bin ich heilfroh, dass sie das nicht mir gesagt haben.«

»Trotzdem. Wir müssen uns alle bei dir entschuldigen!«, druckste Leon herum. Von ihm hatte ich so was am wenigsten erwartet und das war für mich der beste Trost.

»Kreuzkümmel und Hühnerkacke! Was ist denn das?«, rief Juli begeistert und entdeckte den Ball.

»Habt ihr so etwas Oberaffen-Orang-Utan-Weltrekordverdächtiges schon mal gesehen?«

»Das ist schwarze runde Magie!«, raunte ich meine Antwort. »Das ist meine neue Aufgabe, hat der Kaiser gesagt!«

»O Mann! Und das sagst du uns erst jetzt!«, rief Marlon entsetzt. »Eine Aufgabe vom Kaiser persönlich. Verflixt und zugenäht. Raban, was hat er dir denn gesagt?«

Ich schaute ihn an und erinnerte mich im ersten Moment an gar nichts. Ich zuckte erschrocken zusammen und dachte, ich hätte alles schon wieder vergessen. Das sah mir gleich! Doch da fiel mir ein: Er hatte mir überhaupt nichts gesagt. Kawumms und Karamba! Was sollte das heißen? War das alles ein Witz? War ich so schlecht, dass ich nicht mal eine Aufgabe verdiente? Oder musste ich sie erst finden? Ja, ganz genau. Bei Willi war es auch so gewesen. Erst 24 Jahre nach dem Orakel hatte er sie als Trainer der *Wilden Kerle* für sich entdeckt. Doch das dauerte mir zu lang. So lange wollte ich nicht warten. Ja, und den anderen *Wilden Kerlen* ging es nicht anders.

»Heiliger Muckefuck! Lässt du dir Zeit!«, drängelte Fabi und in diesem Moment nahm ich mein Herz zum zweiten Mal in die Hand.

»Da hast du Recht! Aber es ist gar nicht so einfach und das hier ist auch nicht der richtige Ort!«, plapperte ich los, wie es mir gerade einfiel. Doch dann, als ich Luft holte, fühlte ich es ganz genau: Das war kein Geschwätz. Diese Worte kamen ganz tief aus mir raus und dann wusste ich es. Ich hatte die Aufgabe des Orakels noch nicht verstanden. Aber ich hatte sie zumindest entdeckt.

»Auf nach Camelot!«, rief ich. »Dort sag ich euch alles. Und stellt den Amboss auf. Dieser Tag hat es mehr als verdient.«

Im Pulk rannten wir los, die Tribüne entlang und auf das Ausgangstor zu, da stellte sich uns meine Mutter direkt in den Weg.

»Raban! Ich muss mit dir sprechen!«, sagte sie ernst. Aber ihre Stimme zitterte. Das hörte ich ganz genau, denn es passierte an diesem Tag zum ersten Mal.

Für einen Moment war ich verwirrt. Doch dann erinnerte ich mich an unser letztes Gespräch und daran, dass ich ohne Erlaubnis weggerannt war. Nein. Für so eine Auseinandersetzung hatte ich jetzt keine Zeit und deshalb schob ich meine Mutter einfach zur Seite.

»Tut mir Leid, Mama, aber das muss jetzt noch warten!«, sagte ich fest und bestimmt.

Und dann rannten wir los.

Ein Traum könnte Wirklichkeit werden

Wir rannten und rannten, bis wir in den Fasanengarten und zu Julis und Joschkas Haus kamen. Dort im Garten stand Camelot. Das dreistöckige Baumhaus der *Wilden Kerle.* Erst kürzlich hatten wir es zur Festung ausgebaut und gegen den Dicken Michi verteidigt, den schlimmsten Mistkerl jenseits und diesseits des Finsterwalds.

Doch das war eine andere Geschichte. Die erzählt euch Juli »Huckleberry« Fort Knox, die Viererkette in einer Person. Jetzt hatten wir andere Dinge zu tun.

Als Erstes rollten wir das alte Holzfass, den Amboss, ins unterste Stockwerk, das unsere Versammlungshalle war. Dann stellten wir uns im Kreis drum herum auf. Der Ball wanderte wie eine magische Kristallkugel von Hand zu Hand, und nachdem ihn jeder einmal gefühlt, gespürt, geschmeckt und gerochen hatte, legte ich ihn auf das Fass. Dann begann ich zu sprechen: »Okay. Und jetzt sage ich euch, was meine Aufgabe ist. Ich habe sie noch nicht ganz kapiert, aber das ist auch schnurzpiepegal. Wichtig ist nur, dass wir wieder ein gemeinsames Ziel haben werden. So wie das Spiel gegen den Dicken Michi, gegen die *Bayern* oder die Meisterschaft, die ich vergeigt hab. Also. Spitzt jetzt die Ohren: Unser Ziel ist, dass wir alle bei der WM 2006 mitspielen werden!«

Sofort war es still. Ich war von mir selbst beeindruckt. So super hatte ich noch nie so lange gesprochen. Doch die anderen schwiegen aus einem anderen Grund.

»Bist du sicher?«, fragte Leon vorsichtig nach. »Meinst du nicht vielleicht 2010 oder sogar 2014?«

»Nein! Das meine ich nicht!«, antwortete ich fest und entschlossen.

»Aber weißt du, wie alt wir dann sind?«, fragte Marlon. »Mit dreizehn oder vierzehn spielt keiner bei einer WM.«

»Ich hab doch gesagt, ich hab die Aufgabe noch nicht ganz verstanden«, erinnerte ich sie.

»Ja, aber Raban!«, gab Vanessa jetzt zu bedenken. »Du weißt, was ich werden will. Die erste Frau, die in der Männer-Nationalmannschaft spielt. Und ich habe dich heute mit den Fußballgeistern gesehen. Auch der Ball ist kein Traum. Aber das mit der WM 2006, das ist einfach unmöglich.«

»Einfach, okay«, nickte ich. »Dann frag ich euch

jetzt ganz einfach. Seid jetzt ganz ehrlich. Wenn ihr die Wahl hättet, bei der WM 2006 dabei zu sein oder nicht: Was würdet ihr tun?«

»Das ist eine gemeine Frage!«, zischte Vanessa.

»Ich weiß. Aber sie gibt uns die richtige Antwort. Also: Wollt ihr bei der WM 2006 dabei sein oder wollt ihr das nicht?« Ich grinste frech in die Runde. Keiner der *Wilden Fußballkerle* dachte jetzt an ein ›Nein‹. Jeder wollte 2006 dabei sein. Nur Vanessa zögerte noch.

»Und? Was ist mit dir?«, fragte ich sie.

»Lass mich in Ruhe. Das weißt du genau!«, schimpfte sie und dann streckte sie als Erste ihre Hand aus.

»Komm schon, worauf wartest du noch. Bringen wir's hinter uns!«, trieb sie uns an und wir taten ihr den Gefallen.

Wir streckten alle die Hand aus, berührten den *Wilde Kerle*-Ball, spürten dessen schwarze, runde Magie und versprachen uns dann aufrichtig und ehrlich im Chor: »Wir, die *Wilden Kerle* e. W. aus dem *Teufelstopf* in Grünwald, sind bei der Weltmeisterschaft 2006 mit von der Partie. Das versprechen: Leon, der Slalomdribbler; Marlon, die Nummer 10; Fabi, der schnellste Rechtsaußen der Welt; Rocce, der Zauberer; Raban, der Held; Jojo, der mit der Sonne tanzt; Joschka, die siebte Kavallerie; Juli

»Huckleberry« Fort Knox, die Viererkette in einer Person; Maxi »Tippkick« Maximilian, der Mann mit dem härtesten Schuss auf der Welt; Vanessa, die Unerschrockene; Deniz, die Lokomotive; Markus, der Unbezwingbare, und Felix, der Wirbelwind. Wir versprechen uns das am 1. Januar 2003.«

Wow! Das war gut. Für einen Moment war es still. Dann brach ein Feuerwerk los. Wir stürzten aus Camelot raus und da sahen wir Willi, der zusammen mit all unseren Eltern ein verspätetes Silvesterfeuerwerk veranstaltete, von dem ich, der alte Bleigießer, bisher keine Ahnung hatte.

Alle Eltern kamen und gratulierten uns und ganz besonders gratulierten sie mir herzlichst. Das Abenteuer hatte sich längst schon herumgesprochen. Nur meine Mutter war nicht dabei und deshalb ging ich, sobald es die Höflichkeit und die Gratulanten zuließen, endlich nach Hause.

Raban, der Held

Es war fast schon halb fünf Uhr früh, als ich nach Hause kam, und trotzdem wartete meine Mutter auf mich. Sie saß in der Halle in einem Sessel und schlief. Vorsichtig schlich ich an ihr vorbei. Ich war müde und das Donnerwetter, mit dem ich jetzt rechnen musste, wollte ich lieber auf morgen verschieben. Doch das war schlichtweg unmöglich. An seiner Mutter schleicht kein Sohn vorbei, besonders dann nicht, wenn sie auf ihn wartet. Dafür liebt sie ihn viel zu sehr und mit dieser Liebe spürte meine Mutter, dass ich zurück war, und öffnete ihre Augen.

Ich erstarrte zu Eis, doch dann glaubte ich nicht, was ich hörte und sah:

»Kann ich den einmal anfassen?«, fragte meine Mutter mich und deutete auf den schwarzen *Wilde Kerle*-Ball unter meinem Arm.

Ich war vollkommen baff. Meine Mutter interessierte sich für einen Fußball? Das konnte nicht sein. Das musste ich testen. Also gab ich ihn ihr und erwartete, dass sie ihn, wenn sie ihn einmal berührte, wie einen toten Fisch fallen ließ. Doch ich irrte mich wieder. Meine Mutter berührte und betrachtete das schwarze runde Leder, als sei es der kostbarste Diamant. Ehrfurchtsvoll betastete sie sogar das Logo, das auf ihn aufgedruckt war. Dann schaute sie mich nachdenklich an, schluckte, räusperte sich und sagte dann etwas, was sie noch nie gesagt hatte. Und wieder zitterte ihre Stimme.

»Ich muss mich bei dir entschuldigen, Raban. Ich hab dein Weihnachtsgeschenk nicht richtig geachtet. Das tut mir Leid. Aber seit heute weiß ich, dass es das Kostbarste war, was du mir schenken konntest. Ich hab von Fußball überhaupt keine Ahnung, weißt du, aber ich werde ab jetzt bei jedem Heimspiel der *Wilden Fußballkerle* vor Willis Kiosk unter dem Regenschirm sitzen und ich werde euch anfeuern. Das verspreche ich dir!«

Meine Mutter wischte sich eine Träne aus dem Gesicht. »Verflixte Hühnerkacke! Und ich freue mich auch auf die Bockwurst und die Apfelsaftschorle. Ich möchte nur wissen, ob du mir verzeihst?«

Sie schluchzte. Ich wollte ihr etwas sagen, doch bevor ich antworten konnte, lag ich längst schon in ihren Armen.

Wie ich danach in mein Bett kam, weiß ich

heute nicht mehr. Auf jeden Fall schlief ich tief und fest bis in den Nachmittag hinein. Erst dann wachte ich auf, öffnete meine Augen und für eine Schrecksekunde dachte ich wirklich, ich hätte das alles nur geträumt. Doch dann fühlte ich den Ball, den schwarzen *Wilde Kerle*-Ball, der neben mir auf dem Kopfkissen lag, und dann meldete sich jemand zu Wort, den ich nur zu gut kannte und mit dem ich noch ein gehöriges Hühnchen zu rupfen hatte.

»Bravo! Du hast es geschafft!«, spöttelte er, und ohne meine Brille aufzusetzen schaute ich zum Kleiderschrank hin.

Das ganze Zimmer waberte hinter faustdicken Nebelschwaden, doch der Raban in seinem Nadelstreifenanzug im Spiegel war scharf.

»Du hast es wirklich geschafft. Das hätte ich niemals erwartet. Verflixt!«, ärgerte sich mein Spiegelgeist. »Raban, der Blindfisch, hat endlich die Augen geöffnet. Dass ich das noch erleben darf.«

»Genau!«, grinste ich und schien seinen Spott überhaupt nicht zu beachten. »Jetzt hast du das erlebt und jetzt kannst du verschwinden. Ich brauch dich nicht mehr. Los, hau ab!«

»Heyheyhey!«, protestierte der Kerl. »Werd nicht größenwahnsinnig. Du hast dich gerade einmal wie ein neunjähriger Junge benommen. Und ich wette, es werden keine zwei Wochen vergehen, bis du mich wieder brauchst.«

»Wenn das der Fall sein sollte, sag ich dir gerne Bescheid«, konterte ich und zum ersten Mal wurde der Raban im Spiegel nervös.

»Du bist undankbar, weißt du das?«, drohte er mir. »Ich habe dich aufgeweckt und wachgerüttelt. Du kannst noch viel von mir lernen.«

»Was du nicht sagst?«, staunte ich jetzt. »Du kannst also alles besser als ich?«

»Bingo. Du hast es geschnallt!«, trompetete der

Spiegelgeist und zog seinen Nadelstreifenanzug in die Länge, als wollte er sich dadurch noch größer und wichtiger machen.

»Okay! Und du wettest gern, hab ich Recht?«

»Ja. Ich wette gern und ich gewinne immer!«, blies sich der Raban im Spiegel jetzt auf, als wolle er platzen.

»Gut. Dann wetten wir doch. Wetten wir darum, dass du deinen Nadelstreifenanzug gegen meinen Spiderman-Pyjama eintauschst und für immer verschwindest. Oder wenigstens so lange, bis ich dich brauche und rufe. Falls das jemals der Fall sein sollte.«

»Das klingt ja richtig wie Leben, Teufel und Tod? Doch was machst du, wenn du die Wette verlierst, und wie wetten wir überhaupt? Willst du etwa gegen mich Fußball spielen?«

Ich grinste ihn an.

»Wenn ich verliere, kannst du mich für immer und ewig und wann du willst nerven.«

»Okay! Abgemacht!«, eiferte der Spiegelgeist fast schon bösartig. So freute er sich darauf, mich in Zukunft zu quälen. »Und wie läuft die Wette jetzt ab?«

»Wir werden uns einfach beschimpfen. Das kannst du doch, oder?«, erklärte ich ihm. »Immer schön abwechselnd, und wenn dem anderen die

Spucke wegbleibt und er keine Antwort mehr weiß, hat er verloren.«

»Okay! Okay! Abgemacht! Und wenn du nichts dagegen hast, fang ich auch sofort an!«, holte der Raban im Spiegel tief Luft und polterte los: »Du bist eine plattfüßige Blindschleiche, hast du kapiert?«

Er schaute mich triumphierend an.

»Und du bist ein gackerndes Trampeltier!«, konterte ich ohne Pause und überraschte ihn deutlich.

»Lieber ein gackerndes Trampeltier«, dehnte der Spiegelgeist, um Zeit zum Nachdenken zu gewinnen, »als ein strunzdummer Rodelblindfisch.«

Er lachte sich tot, doch ich blieb unbeeindruckt.

»Gestriegelter Pfauenschwanz-Lackaffenheinz!«, erwiderte ich seine Herausforderung leise, aber bestimmt.

Jetzt schluckte der Spiegelgeist und schnappte nach Luft.

»Siebenfacher Weltmeister im Wassereimerumschmeißen!«, zischte er und hielt sich wieder für den Gewinner. Dieses Mal war er auch verflixt noch mal gut. Für einen ewig langen Moment fiel mir gar nichts mehr ein, doch dann war es da:

»Zickzackpieselnder Sandburgenhausmeister!«

Das saß. Der Spiegelgeist würgte, röchelte und zappelte hin und her, doch er brachte keinen

Mucks mehr heraus. Dann begann er unscharf zu werden, und noch bevor er, wie das restliche Zimmer, hinter den wabernden Nebelschwaden verschwand, konnte ich sehen, dass er meinen neuen Spiderman-Schlafanzug trug.

Ich grinste, lehnte mich zufrieden zurück, setzte meine Coca-Cola-Glas-Brille auf und sah zum Fenster hinaus. Es hatte wieder zu schneien begonnen und ich konnte nicht wissen, was bis zum Frühjahr alles passiert. Das konnte keiner von uns. Doch ich legte meine beiden Beine dafür ins Feuer, dass das der beste Winter werden würde, den es für einen *Wilden Kerl* gab.

RRRAAAAA
12
WILDE KERLE
4
WILDE KERLE
MARKUS
1
WILDE KERLE

Sei wild!

Maxi „Tippkick" Maximilian
ISBN 3-8315-0345-1
€ 8,90(D)/€ 9,20(A)
sFr 16,50

Die wilden Kicker starten bei der Hallen-Stadtmeisterschaft! Doch Maxi „Tippkick" Maximilian verliert plötzlich seinen härtesten Schuss auf der Welt, der für den Sieg unerlässlich ist. Noch schlimmer aber: Maxi hat es auch die Sprache verschlagen. Da hilft nur noch eine Schocktherapie – die Freunde inszenieren die gruseligste Gespenster-Nacht aller Zeiten …

Fabi, der schnellste Rechtsaußen der Welt
ISBN 3-8315-0346-X
€ 8,90(D)/€ 9,20(A)
sFr 16,50

Fabi wird von einem Talentscout entdeckt und vom FC Bayern angeworben! Das Angebot reizt ihn sehr, denn der neue Verein zieht ihn magisch an. Die anderen sind total sauer auf ihn. Richtig kitzlig wird es, als die Wilden Kerle im Endspiel der Hallen-Stadtmeisterschaft gegen die Bayern spielen müssen. Wird Fabi noch für die Wilden Fußballkerle antreten?

Joschka, die siebte Kavallerie
ISBN 3-8315-0347-8
€ 8,90 (D)/€ 9,20(A)
sFr 16,50

Joschka, der Kleinste der Wilden Kerle, legt sich mit den gefürchteten Flammenmützen an. Die Skatergang will die Wilden Kerle vernichten, stiehlt ihnen den schwarzen Fußball und entwendet vor einem wichtigen Spiel ihre Trikots! Doch Willi, der beste Trainer der Welt, hat einen Plan. Und nur Joschka, die siebte Kavallerie, kann die Wilden Kerle retten …

G u t e s f ü r K i n d e r

BAUMHAUS VERLAG

Mehr Fußballkerle-Bücher

Marlon,
die Nummer 10
ISBN 3-8315-0348-6
€ 8,90(D)/€ 9,20(A)
sFr 16,50

Die Wilden Fußballkerle können sich für die Kinder-Weltmeisterschaft qualifizieren. Doch da bricht sich Marlon ein Bein und Rocce ist daran schuld. Nach seiner ‚Auszeit' ist Marlon außer Form und zieht sich zurück. Aber Rocce braucht ihn: Sein Vater, der brasilianische Profi Giacomo Ribaldo, war verletzt und soll vom FC Bayern verkauft werden. Dann müsste Rocce mitgehen.

Jojo, der mit der
Sonne tanzt
ISBN 3-8315-0502-0
€ 8,90(D)/€ 9,20(A)
sFr 16,50

Die Wilden Fußballkerle stehen eine Woche vor der Qualifikation zur Kinderfußball-Weltmeisterschaft und zwei Wochen vor dem alles entscheidenden Spiel um die Meisterschaft der E-Jugendmannschaften. Da wird Jojo plötzlich adoptiert. In seiner neuen Familie erlebt er jeden Tag wie Weihnachten und Geburtstag zugleich und vergisst darüber sogar die Wilden Kerle!

Rocce,
der Zauberer
ISBN 3-8315-0503-9
€ 8,90 (D)/€ 9,20(A)
sFr 16,50

Die Wilden Fußballkerle sind Meister geworden und schweben im siebten Fußballhimmel. Da taucht Annika auf. Sie trainiert ganz allein im Teufelstopf und ihre Spielkunst verzaubert die Jungs. Keiner gibt es zu, aber alle träumen davon, dass Annika zu ihnen in die Mannschaft kommt. Heimlich fragt Rocce das Mädchen, ob sie bei den Wilden Kerlen mitspielen will.

www.baumhaus-verlag.de

BAUMHAUS VERLAG